ど根性貧乏！

"紀南のはっさい"の破天荒な80年

寺岡朝子
TERAOKA Asako

文芸社

「はっさい」とは紀南の古い言葉で〝かなりのやんちゃ〟のこと

はじめに

あれは昭和四五年一月の出来事だった。

当時、二八歳だった私は結婚式を前にして、婚約者の寺岡公男から18金のネックレスをプレゼントしてもらった。

それは私にとって、異性からプレゼントをもらう初めての体験だった。しかも、とても素敵なネックレスだったので、心の底から満たされた思いがした。

これからの人生はついに貧乏とはさよならだ。

この先の人生には、このきらびやかなネックレスのように、華やかで明るい夢のような日々が待ち受けている……私は微塵も疑わず、そう思った。

その時の私は当然のことながら、ほんの少し先に待ち受けている夫からの衝撃の告白など知る由もなかった。

それからしばらくして結婚式の日がやってきた。

私たちは、今はもうなくなってしまった和歌山県新宮市の美香会館で結婚式を挙げ、親族一同を招いてささやかながら披露宴を済ませた。

晴れて夫婦になった私たちは、幸せな気持ちに包まれて新婚旅行に出掛けた。

行き先は四国の高松だった。

当時はまだ国鉄の時代で、新宮駅から紀勢本線と山陽本線などを乗り継いで岡山県玉野市まで行き、宇野港から宇高連絡船に乗り込んだ。

そして、穏やかな瀬戸内海に船出して、生まれて初めての四国を目指した。

その時は洒落た旅立ちのように思えて、私の心は高ぶっていた。頬に当たるさわやかな海風が、はやる気持ちをますます高揚させた。

しかし、そんな高揚感も長くは続かなかった。

船が港を離れて一〇分もしないうちに、普段から無口な寺岡が、重い口をゆっくりと開いた。

「名古屋にいる弟に……一〇万円借りてるんや」

突然のこの言葉に私は驚いた。間髪をいれず、すぐに問いただした。

「どうしたの？　一〇万も？」

　すると寺岡は、目を伏せてぼそっとつぶやいた。

「結納金にいったよ」

「え！　私、結納金は五万円しかもらっていないよ」

　寺岡は困ったような顔をしてつぶやいた。

「残りは結婚式の費用に使った……」

　潮風を受けて明るい気持ちになっていた私の心に、突然、どんよりとした暗雲が垂れ込んだ瞬間である。

「元気に働いているのに……。貯金はしてなかったの？」

　あまりのことに状況が呑み込めず、私は驚いてそう聞き返した。

「俺が稼いだ金は、全部お袋が管理していたから……」

　寺岡は悪びれもせずに、そう答えた……。

　この時点でもう、頭の中は真っ白になった。

　私は寺岡の顔から視線をそらして、冷静になろうとした。

　驚いていても仕方ない、借金は雲散霧消するわけがないのだから。

〝借りたお金は何としてでも返さなくてはならん〟

そう私は心に固く誓った。

借りた金は返す――それは幼い頃に、私が父から教え込まれた人としての在り方の第一条だった。だが、当然、それは簡単なことではなかった。

当時、看護師をしていた私の月給はと言えば、二万八〇〇〇円ほどだった。夫の給料を生活費に充てるとして、私の月給とボーナス全部返しても最低でも数カ月はかかるだろう。

私は茫然とした。だが、しばらくして我に返ると、こう考えるようにした。

〝それも仕方ないか、私はこの人と結婚したんだから……〟

連絡船での夫の衝撃の告白から始まった二泊三日の四国旅行は、当然のことながら楽しかった記憶はあまりない。

正直言って、頭の中ではどうやったら早く借金を返せるかばかり考えていて、景色を楽しみ、料理を味わう心の余裕はほとんどなかった。

そして、新婚旅行から帰ってアパートの部屋のドアを開けようとしたときのことだ。

新たな問題がまたもや巻き起こるのであった。

私がドアを開けようとすると、紙切れのようなものがストンと下に落ちた。何かと思って腰を曲げて拾うと、それは寺岡宛ての封筒だった。

あわてて手に取って開いてみると、それは、私が有頂天になって喜んだ、18金のネックレスの請求書だった。

私は唖然とすると同時に、この先に起こることをすぐに察した。

そう、今の寺岡にこの金額を払えるはずがないのだ。

子供の頃は〝ど〟が付くほどの貧乏だったが、看護師の資格を取って自分で働き始めるようになってからは、何とか貧乏とは縁が切れたはずだった。

今また再び、〝貧乏〟が忍び寄って来ようとしていた……私の人生、どこまで貧乏が付いて回るのかとうんざりして気持ちが暗くなった。

〝自分の結納金を、なぜ自分が払わんとあかんのやろか……〟

〝プレゼントにもらったネックレスの代金まで……ああ！　もういややや！〟

心の中は憤りでいっぱいだった。


驚くことに不運はそれで終わりではなかったのだ……。

結婚式から二カ月経った春まだ浅い三月、寺岡がトラック運転手をしていた会社が倒産し、親方が夜逃げをしてしまったのだ。

新婚旅行での一件から、甘い新婚生活などとは無縁の毎日だったが、まさかそんなことが起こるとは夢にも思わなかった。しかも、それ以前から寺岡の給料は遅れていた。

新婚早々、何という悲劇だろうか。

だが、それも仕方ないでは済まされない。ともかく夫は次の仕事を探すしかなかった。

夫がしばらく無職になった以上、借金の返済は私の収入頼みとなった。

まずは返済の優先順位を決めることにして、最初は寺岡の弟に借りているお金からと思い、毎月節約したお金と六月に出たボーナスを足して一〇万円と、利息代わりに靴下三足を買って箱に入れ、寺岡の実家を通して返済した。

これで私の気持ちはすっきりしたが、次の〝関所〟が待っていた。

ネックレスの代金はどうやって払おう?

そう思っているところで、ようやく寺岡の新しい仕事が決まった。ダンプカーの運転手だった。

やれやれ、これでどうにか借金を返せる……そう思ってひと安心した。

その頃、那智勝浦町立温泉病院で看護師をしていた私は、当然のことながら夜勤もあるけれど、一生懸命頑張って働いた。

夜勤の際、寺岡の夕食メニューはカレーと決まっていた。

もちろん、当時は電子レンジなんてなかった。

それでも、カレーくらいなら男でも鍋をコンロにかけて温められるだろうと思ったからだ。おかずは一品、二品しかなくても、寺岡は文句を言わず食べてくれたものだ。

そうやって日々をしのぎながら、何とか借金を返し終えた。


それから幾星霜――。

「何か買って欲しい物はないか?」

私の誕生日が来ると、寺岡はそう聞いてくれた。

「ネックレスはいらんからね」

その度に私がそう答えると、寺岡はいつも苦笑いしていた。

貧乏からの出発っていうのは嫌だから、大きな深い穴から出発したんだと自分に言い聞かせた。地上に這い上がるのに二人で苦労したけれど、何とかそれなりに人並みの生活ができるようになったんだから……そう胸を張ると空元気でも元気になれる。

そんな夫も今はもういない。

ちょうど一年前の令和二年九月二七日、進行性核上性麻痺という難病で世を去った。


そもそも、私の貧乏生活は結婚から始まったわけではない。

私の貧乏遍歴を指折り数え挙げれば、それは私の年齢とほとんど変わらない。その意味では、私の人生は貧乏と隣り合わせの毎日という、まさに筋金入りの貧乏だ。

だからこそ肝っ玉は据わっていて、寺岡と始まった新婚生活の貧乏ぐらいで気持ちが折れてしまうような弱い心根の持ち主ではない。

性根の座った貧乏、まさに〝ど根性貧乏〟が私の半生だった。


私は太平洋戦争が始まった年に生まれ、少女時代を送ったのは戦後間もない頃だ。

だから、この本を読まれる方の中には、日本人のほとんどが貧乏な時代だったじゃないかと思う人がいるかもしれない。でも、そんな貧乏な日本人の中にあっても、私の家は目に見えて他の家より貧乏だったことだけは間違いない。

少なくとも、私が住んでいた町の中では、わが家は一番の貧乏だった。
そんな私の貧乏生活のエピソードはたくさんある。

二人の娘もそれぞれ家庭を築き、五〇年以上連れ添った夫も鬼籍に入った。お陰様で私はそこそこ健康で、令和三年一〇月には八〇歳の傘寿を迎える。
多少のボケが来ているとはいえ、まだまだ記憶が確かなうちに、私の〝ど根性貧乏〟だった半生を振り返ってみたい。

寺岡朝子

目次

第一章　ど根性貧乏人生の始まり

——捕鯨の街・太地町の貧しい家に生まれて

■母が人生の最期に欲しがった一本のラムネ

家から一歩外に出ると、身も凍るように寒い一二月の午後だった。

「ラムネ一本買って来い！」

そう父に命じられた私は、その頃、森浦地区に三軒しかなかった商店を急いで走って回った。しかし、いずれの店にもラムネは売っていなかった。シーズンオフの冬だったからだろうか、結局、ラムネを買うことはできなかった。

今だったらコンビニとか、自販機がどこにでもあるけれど、当時はそんな便利なものはなかった。

きっと病床で喉が渇いた母が、最後に欲したのが一本のラムネだったのだろう。そんな母の最期の願いをかなえてやれなかったことに、私はとても悲しくなった。

私の母は大分前から病を患っており、家の部屋で床に臥せたきりだった。

極貧だった私の家には母を入院させるようなお金の蓄えもなく、私はよちよち歩きの二歳の妹・定子の動きをうつろな眼で追いながら、家で寝ている母の病状が日増しに悪くなっていくのを見守るしかなかった。

三日に一回くらいは医師が往診にやって来て、薬を飲ませてくれた。

医師は心臓喘息だと言っていたけれど、今思えば、そうではなかったと思う。

なぜなら、寝ている母の顔や体は黄色く染まっていた……あれは黄疸だったに違いない。きっと、肝臓や胆嚢あたりが悪化していたのではないだろうか。

薬を飲んでも一向に回復しない母の姿を見るのは、幼い私には辛かった。

子供だったから何もできなかったけれど、私が大人だったらできることはあったはずで、もしかしたら助けてあげられたかもしれないと思うと本当に悔やまれる。

私の母・静子は、明治四三年に和歌山市内で木造漁船を製造していた日置《ひき》造船所を経営する一家に生まれた。二男一女の三人きょうだいで、和歌山高等女学校を卒業する。

母はいわゆるお嬢様で、昔の和歌山弁で言うところの〝女衆《おなごし》さん（女中さん）〟を三名、家の中にはべらせていたそうだ。

扇風機もない時代のこと、夏に昼寝をする時などは横で女衆さんが団扇《うちわ》であおいでいたとか。また、女学校に通っていた頃は、昼になると女衆さんが温かいお弁当を学校まで届

父・橋本直次郎。和歌山市の日置造船所で船大工として働いていた頃、母・静子と結婚する。その後、那智勝浦町にある永田造船で働く。

母・静子。和歌山市で造船所を経営する一家に生まれる。

けに来たそうだから、かなり恵まれた暮らしをしていたようだ。

一方で、父は日置造船所で働く一介の船大工だった。

父と母の馴れ初めはというと、父の船大工としての働きぶりが優秀だったことから、母の父親に認められて結婚相手に選ばれたらしい。

母のきょうだいは長男が戦死し、次男は一〇代の時に亡くなったそうだ。

そうした経緯から父は日置造船所の跡継ぎにもなれたような気もするが、そうはならなかった。詳しい事情は知らないが、母の実家は空襲で焼けてしまい、造船所は跡形もなくなったという。

母はそんな風に生まれながらのお嬢様だったから、

琴を弾いたり、お茶、お花をたしなんだりはできても、生活力はほとんどなかった。

その頃は終戦間もない頃だから、食べる物を確保するのに精一杯だった。

父が肋膜炎を患ってしばらく働けなくなった時も、母は働く術《すべ》を知らなかった。

「女いうても長い先で何があるか分からん。結婚しても旦那に死なれるかも分からんし、病気されるかも分からん。そんな時でも働けるように、手に職を付けろ」

父は口癖のように、私たち姉妹が小さい時からうるさくそう言っていた。

それでも、母は私たち姉妹にとても優しく接してくれた。一方で、父は頑固者で口ごたえするとすぐに拳骨が飛んできたものだ。

■三九歳の若さで天国に召された母・静子

その翌日の夜、母は三九歳の若さで逝ってしまった。

この日は自分が物心ついてから一番悲しくつらい日で、私は目が腫れるほど、泣けるだけ泣いた。近所のおばさんたちも泣いていた。

なのに妹の定子はといえば、駆け付けてくれた隣町の新宮市に住む伯母が「定子！」

「定子！」と言って自分にかまってくれるものだから、明るく笑ってばかりいた。

当時、定子はまだ二歳だったから、母の死という状況を呑み込めるはずもない。私はそれを仕方ないと頭では理解していても、心の中では許せなかった。

大好きな母の死に目に笑うなんて……。

私は我慢しきれず、定子に向かって強い口調で叱ってしまった。

「定子、何笑ってるん！」

定子は笑うのをやめて、困ったような顔をして私を見た。すると、伯母がこう言った。

「そんなに怒ったらあかん。定子は、まだ何も分からんのやから」

そう言って私をなだめてくれたが、やはり内心では、妹を許せなかった。


――この時の話を大人になってから妹に話したことがある。

「私に〝笑うな〟言われたやろ！」

当然だが、妹は「知らん。覚えてないよ」と答えた。


その翌日が葬式で、母は土葬にされた。

母の死後、しばらくの間、私は心の真ん中にぽかんと穴が開いたみたいな感じだった。

後年、自分が四〇歳を迎えた時、こう思ったものだ。

〝ああ、母より長生きしたな〟――と。

■橋本家五人のど根性貧乏生活がついに始まる

昭和二五年一二月二四日。

今の世の中だったらジングルベルが流れる賑やかなクリスマスイブのこの日から、私たち一家の超貧乏どん底生活が始まったのである。

私が生まれた橋本家は、和歌山県東牟婁《むろ》郡太地《たいじ》町の森浦地区にあった。

太地町は本州最南端、紀伊半島の潮岬から北東へ三〇キロほど離れた、海と山に囲まれた小さな港町だ。

四〇〇年以上前に生まれたという古式捕鯨発祥の地でもあり、今では「太地町立くじらの博物館」もあるように、太地町は昔から捕鯨の町として有名だ。私が幼かった頃も捕鯨のほかにマグロ漁が盛んで、住民の半分強が漁業を営んでいた。

そんな〝くじらの町〟に、私は昭和一六年一〇月一三日に生まれた。

その五日後に東条英機内閣が誕生し、日本は刻々と戦争への歩みを進め、二カ月後の一二月八日には真珠湾攻撃が行われて太平洋戦争の火ぶたが切られた。

その点では私はギリギリ戦前派に入るから、長生きしたものだ（笑）。女優の三田佳子さん、倍賞千恵子さん、俳優の石坂浩二さんらが同じ年の生まれだ。

父	橋本直次郎	四七歳
長女	すま子	中学三年生
次女	芳子	小学六年生
三女	朝子（私）	小学三年生
四女	定子	二歳

母亡き後、橋本家には船大工をしていた父と四人姉妹が残された。私が生まれる前には長男もいたそうだけれど、五歳で死んだという。

郵 便 は が き

料金受取人払郵便

新宿局承認

3971

差出有効期間
2022年7月
31日まで
(切手不要)

1 6 0-8 7 9 1

141

東京都新宿区新宿1－10－1

(株)文芸社

愛読者カード係 行

お名前《ふりがな》		明治 大正 昭和 平成	年生 歳
ご住所《ふりがな》	□□□-□□□□		性別 男・女
お電話番号	(書籍ご注文の際に必要です)	ご職業	
E-mail			
ご購読雑誌(複数可)		ご購読新聞	新聞

最近読んでおもしろかった本や今後、とりあげてほしいテーマをお教えください。

ご自分の研究成果や経験、お考え等を出版してみたいというお気持ちはありますか。

ある　　ない　　内容・テーマ(　　　　　　　　)

現在完成した作品をお持ちですか。

ある　　ない　　ジャンル・原稿量(　　　　　　　　)

書　名				
お買上 書店	都道 府県	市区 郡	書店名	書店
			ご購入日	年　　月　　日

本書をどこでお知りになりましたか?

1.書店店頭　2.知人にすすめられて　3.インターネット(サイト名　　　　　　　　)

4.DMハガキ　5.広告、記事を見て(新聞、雑誌名　　　　　　　　)

上の質問に関連して、ご購入の決め手となったのは?

1.タイトル　2.著者　3.内容　4.カバーデザイン　5.帯

その他ご自由にお書きください。

(　　　　　　　　　　　　　　　　　　　　　　　　　　)

本書についてのご意見、ご感想をお聞かせください。

①内容について

②カバー、タイトル、帯について

弊社Webサイトからもご意見、ご感想をお寄せいただけます。

ご協力ありがとうございました。

※お寄せいただいたご意見、ご感想は新聞広告等で匿名にて使わせていただくことがあります。

※お客様の個人情報は、小社からの連絡のみに使用します。社外に提供することは一切ありません。

■書籍のご注文は、お近くの書店または、ブックサービス(0120-29-9625)、セブンネットショッピング(http://7net.omni7.jp/)にお申し込み下さい。

その頃、父は那智勝浦町にある永田造船に通いで働いていた。しかし、戦後の不況で仕事がなくなり、徐々に給料が減っていった。結局、最後は無料奉仕に近いような感じだったという。

もともと生活レベルは低かったが、母が亡くなった後、それは顕著になった。

母亡き後、すま子姉が母親代わりになった。

すま子姉は中学校を卒業してしばらくは家事を切り盛りする傍ら、親戚が手掛けていた真珠の養殖の手伝いをしていた。その後、一八、九歳の頃に地元の巴川製紙に入社した。

一方、芳子姉は下里にいる伯母の家に住み込みで手伝いをしていたが、下里中学校の校舎の片隅に間借りしていた家政学院で約二年、洋裁を習った後に働きに出た。

一番下の定子は病弱で、学校を休む日も多かった。すぐ熱を出して、流行《はや》りの病気は一番先にもらっていた。中学もほとんど行けなかったと思う。中学卒業後は和歌山市内でパジャマ等既製品を販売している縫製会社で働き始めた。

その頃のことで印象に残っているのはすま子姉の働く姿だった。ほとんど学校を休んで家事に精を出し、借りていた畑で野菜作りをしていた。

しもやけで真っ赤に腫れ上がった手に温かい息を吹きかけながら、今日のおかずを得る為にせっせと働いていた姉を、私はとても頼もしく思った。

■ただの一度も新しい服を着たことはなかった

前述したように、日本人の多くが貧しい暮らしをしていた戦後にあって、わが家はとりわけ貧乏だった。

戦後の不況や、木造船の需要が減っているという状況もあったのかもしれない。父は給料を満足にもらえていなかったようだった。だから、生活費はいつもギリギリで、私の着る物なんか後回しでただの一度も新しいのを着たことはなかった。

私に回ってくるのは姉たちのお古や、従姉や親戚の人からもらったお下がりばかりだった。あるいは、母が嫁に来る時に持ってきた着物をほどいて作り直したりしていた。

「着る物は破れたり、汚れたりしてなければ十分」

父はいつもそう言っていた。

上の姉二人がサイズが合わなくなるまで着て、私に回ってくる時にはすでにあちこち穴が開いてほころんでいるか、継ぎ当てばかりだった。

他人が着古したセーターをもらった時など、サイズを合わせるためにすま子姉が編み直してくれる。もらったセーターの糸を全部ほどいて、〝湯のし〟（蒸気をあてて毛糸を柔軟にし、うねりを伸ばす）して切れた毛糸を結び、私に合わせて作った型紙に沿って器用にセーターを編み直してくれた。

それはとても嬉しかったのだが、古毛糸だからすぐに切れてしまう。するとすま子姉がそこを繕《つくろ》ってくれる。表面上は綺麗になったように見えるが、裏側はというと、毛糸をつないだ玉ばかりができていた。それが着ている私には肌にチクチク感じて、どうにも着心地が悪かった。

それでも他に着るものがないのだから、我慢しないといけないのは十分承知していた。

ある時、こんなことがあった――。

やっと完成したセーターを私が着てみると、右腕は大丈夫だったが、左腕から私の手が出ていなかった。それを見たすま子姉が真顔でこう言った。

「朝（私）の手は左腕が短いんやよ！」

父に向かってそう言いながら、姉は私の左腕を力まかせに引っ張った。

「痛いよ！　痛い！」

「お姉ちゃん、やめてよ！」

私が叫んでも姉は一向に力を緩めなかった。

姉は姉なりに、私の腕の長さが違う――当然、そんなわけはないのだが――のを心配して、引っ張って同じ長さにしようと真剣に思ったようだ。

それを見ていた父が言った。

「そんなことあるもんか！　朝、一回脱いでみよ！」

ようやく姉も手を離してくれて、私はセーターを脱いだ。

父は私が脱いだセーターの両腕を合わせてこう言った。

「左の方が二寸くらい長いぞ」

そう言って、この件は大笑いで終わった。

当然のことだが、私の手が短かったのではなく、姉が編み直したセーターの左手が長かったのである（笑）。

■靴すら買えず、自作したわら草履を履いていた

そんな姉は、毛糸のセーターを編み直す時など、自作の編み棒を使っていた。

材料は家の竹垣の竹だ。奇麗な竹を見付けてちょうどいい長さに切る。そして、ナイフを使って削り、滑りをよくするために紙やすりで一生懸命磨いて完成させた。

作業道具は、船大工の父が使う道具が豊富にあるから使い放題だった。

今思えば、すま子姉はとても器用だった。

これは船大工だった父の遺伝か、あるいは物置で作業する父の仕草を見よう見まねでやっている内に器用になったのかもしれない。

一方で私はというと、手先は不器用で裁縫とかは全然だめだった。幸か不幸か姉が何でもしてくれたから、私は手仕事はもう最初からやる気がしなかった。

着る物のお下がりをもらってくる先は従妹たちの他、同級生や友達のこともあった。

「これ捨てなあかんねん」

誰かがそう言うと、私は間髪いれずこう言っていた。

「じゃあ、捨てる前にちょうだい！」

人からもらい物をするなんて恥ずかしい……そんな見栄など当然、なかった。

それでも、年の離れた妹が学校に通うようになる頃にはすま子姉も働いてたから、ようやく新品を買ってもらえるようになった。私には、最初から平然と新品を買ってもらえる妹の定子がちょっとだけうらやましかった。


もう一つ、身の回りのことで忘れてはいけないのは靴の話だ。

いや、正確には靴ではない。なぜなら、私は子供の頃、靴を履いた記憶がない。

そんな風に書くと、

〝え！　じゃあ、いつも裸足だったの？〟と思われるかもしれない。

確かに小学校の体育の授業では全員、裸足だったが、普段はさすがに裸足ではない。

それでは、子供の頃に何を履いていたか？

答えは「わら草履」だ。

もちろん、お店で買った新品のわら草履ではない。自分で作ったわら草履だ。まるで江戸時代の話かと思われるかもしれないが、紛れもないれっきとした昭和の時代だ（笑）。

作り方はというと、近所の農家からもらったわらを木槌で叩いてほぐし、柔らかくしたわらを数本まとめて紐状にして、まずは足の形に枠を作って、それにわらの紐を通して編んでいく。底の部分がある程度でき上がったら鼻緒を作り、残りの部分を作って形を整え、最後に鼻緒の前緒を付ければ完成だ。

私はすま子姉に教わったが、姉は祖母から作り方を教わったそうだ。

自分でわら草履を作らないことには履く物がないから、毎日の夕食後、あるいは天気の悪い日など、二人の姉たちとわら草履作りに精を出した。

新しく一足作ると、天気のいい日が続くようなら五日くらいはもった。だから、一週間ごとに新しいわら草履に履き替える感じだった。

当時、さすがにわら草履で学校に通ってくる子供はいなかった。みんな運動靴を履いていたし、わら草履を履いていたのは橋本家の姉妹くらいだった。

また、傘は当時、番傘を使っていた。

太地町がある紀南地方は台風の季節を除けばさほど雨が多い地方ではないが、一旦、雨が降ると風とあいまって横殴りの雨が降ってくる。傘だって飛ばされないよう前に向けて両手で支えて差さないといけないくらいだ。

「寺岡さん、何でこの辺は雨が横から降るの？」

後年、那智勝浦町立温泉病院で働いている時に大阪からいらっしゃった大学助教授にこう聞かれたことがある。

「先生、天に聞いて！」と、空を指して答えたものだ（笑）。

そんなすごい雨で、さすがに傘は自前で作れないので買っていたが、一本の傘をボロボロになるまでできるだけ長持ちさせるしかない。しかも、破れたらそこから雨が漏るので、破れた箇所が頭上に来ないようにうまく回しながら歩いたものだ。

衣類にできるだけお金を掛けない……それは私の体に染みついた習慣になっていた。

学校を卒業して看護師の資格を取って働くようになり、そこそこのお給料がもらえるようになっても、その習慣は変わらなかった。

時々、周囲の友達や同僚と洋服の話になることがある。

「この服、もう古くなったから捨てようかな」

誰かがそんな風に話そうものなら、「じゃあ、私にちょうだい」と私は言っていた。

小学校、中学校時代とまったく変わっていない（笑）。

その頃は一人暮らしをしていたから、作り直してくれるすま子姉はいない。

姉のように手先が器用なら自分なりに作り替えたりするのだろうが、前述したように私は不器用だから、少しくらいサイズが違ってもそのまま着ていた。

■四六時中、お腹を空かせていた少女時代

着る物の次は食べる物の話をしたいと思う。

当時の橋本家の食事情はと言えば、現代のように栄養がどうとか、バランスがどうとか関係なしで、とにかく口に入ればいい、お腹が膨れたらそれでいいという感じだった。

主食は毎日、米と麦を混ぜて作ったお粥ばかりだった。

普通に炊いてしまうと米がすぐなくなってしまうから、少しのお米に麦を足して、できるだけ量が増えるように工夫していた。

当然、お米は買っていたが、買える量に余裕はない。蓄えが底をついてしまい、家にお金がない時などは、仕方なく近所のお宅にお米を借りに行ったものだ。

使いに行かされるのはいつも私で、堀川さんのお宅に伺った。堀川のおばさんは気さくな方で頼みやすかったのを覚えている。

お粥と一緒に食べるおかずはというと、幾品も作れないから、梅干しやラッキョウ、あるいはダイコンを炊いた（煮た）ものくらいだった。

だから、私はいつもお腹を空かせていた……。

当時、家から少し離れた場所に畑を借りていて、すま子姉がそこでナスビやキュウリ、サツマイモ、タマネギ……などいろいろな野菜を育てていた。

たいていは畑で作るものを食べていたけれど、さすがにお米は作れなかった。

お腹が空いてどうにも我慢できない時などは、畑に行ってキュウリを一本もぎって生でばりばり食べていた。ナスビを生で食べると、口の周りや舌が紫色になったものだ。

ただ、幸運だったのは太地町が海と山に囲まれていたことだ。

春にもなれば、山にはワラビ、ゼンマイ、ツワブキ（石蕗）、ゴンパチ（イタドリ）などの山菜が実り、およそ食べられるものなら手当り次第摘んで帰った。たくさん摘んで帰ると、すま子姉が喜んで褒めてくれた。私はそれが嬉しくて、毎日毎日、山菜を探し歩いたものだった。

一方で、海の恵みもふんだんに楽しめた。アサリやカキ、イソモノ（貝）、ヒロメなどを拾って来た。ある意味、自給自足生活のようなものだったかもしれない。

ちなみにヒロメとは、ワカメに似ているが、ワカメと違って少し硬い海藻の一種だ。悪天候で海が荒れて波が高かった日の翌日など、波打ち際に行くとヒロメが上がってきている。それをカゴ一杯拾ってきて、ワカメ代わりに食べた。

だから、海が荒れた日の翌日は楽しみで仕方なかった。

海にはまると危ないけれど、私らの時代は泳げない人はほとんどいなかった。

また、父は仕事柄、小さい伝馬船《てんません》を一艘持っていたから、仕事のない時はそれに乗って魚を釣りに行っていた。グレ（メジナ）やイガミと言ったタイの一種、アタガシ（カサゴ）が獲物だった。

いずれも体長三、四〇センチはあろうかという、けっこう大きな魚だった。すま子姉が作ったイガミの煮付けはとてもおいしかった。今思えば、当時、魚が唯一のタンパク源だったかもしれない。

こうやって当時の食生活を振り返ってみると、レトルト食品やインスタント食品ばかりの現在とは違い、新鮮な地産地消の物ばかりで、ぜいたくな暮らしのように思える。だが、その当時は生きていくのに必死だった。明日はどうなるか分からない状況の中で、必死に生きていたのだ。

■伯母の家にもらわれることを期待したあの日

ある日、隣町の下里に住む伯母が父に相談を持ち掛けたことがある。

結婚から一三年くらい経っても子供ができなかった伯母の娘（従姉）が、妹の定子を養子に欲しがったのだ。もちろん、定子がまだヨチヨチ歩きの頃である。

伯母は背負い紐持参でやって来て、父の了承を得られればすぐにでも定子を連れ帰ろうという気持ちだったようだ。

だが、父はこの申し出を断った。

理由は亡き母の言葉だった。母が生きていた頃、父は母からこう強く言われたという。

「この子（定子）だけは、あんたの手で大きくしてあげて……」

上の三人はそれなりに大きくなってはいるが、まだまだ手が掛かる末の定子のことは母も心残りだったのだろう。そう頼まれたからには、定子を他人にやるわけにはいかない。

父はその後に続けてこう言った。

「朝子やったらもらってもらう」

私はこの言葉に〝え！　私！〟とびっくりした。

それを聞いた伯母は一瞬考えるしぐさをして、

「だったら話が違う。ちゃんと相談しないといけないから一回帰るわ」

そう言って帰っていった。

私は内心、どうなるんだろうとそわそわした……。

数日後、伯母は改めてわが家にやって来た。そして、口を開いた。

「朝子やったらいらん！」

「そうか。分かった」

父はそう返事をした。

ここでたいていの人間なら、〝ああ、家を出なくていいんだ！〟と、ほっと胸を撫で下ろすところだろう。

ところが、私は違った。なぜなら、ご存知のように私の家は超貧乏だったからだ。父が定子に代わって私の名前を出したときから、〝よし！　うまくいけば貧乏とさよならできるぞ！〟と考えていた。

伯母の家にもらわれたら、毎日、白いご飯が食べられる。〝お腹一杯ご飯が食べられるかもしれない！〟と期待した。

だから、内心、伯母がイエスと言ってくれるのを願っていたのだが、残念ながら期待外れの結果に終わった。人生、思い通りにはいかないものだ。

〝やっぱり、私は橋本家で生きていくしかないんや〟

がっかりしつつも、そう覚悟を決めて、いっそう貧乏と向かい合うことにした。

■学校からの帰り道には薪《まき》を拾って帰る

中学校に入ると嬉しいことがあった。

小学校の時にはなかった給食が始まったのである。当時はパンが主食だったけれど、みんなと同じ物が食べられるのは本当に嬉しかった。


当時、太地町に電気は当然きていたが、ガスはまだだった。

炊飯器なんてない時代だから、羽釜でご飯を炊いたり、調理したりするかまどや風呂は、みんな薪《まき》で火を起こしていた。

薪を拾ってくるのは私と芳子姉の役目だった。

毎日の放課後、私は芳子姉と山道で薪を拾って帰った。

当時、学校までは歩いて片道小一時間くらいかかっていた。バス通りもあったけれど、それも舗装されていないデコボコ道だった。しかも、山道の方が早いし、何よりも枯れ枝が拾えることからいつも山中のけもの道を通って学校に通っていた。

まずは毎朝、山の中を通る時、四方をきょろきょろ見回して、〝今日はこの辺が枯れ枝が多いな〟という場所の見当を付ける。

そんな場所が見付かると、目印になるよう紐を置いておく。

学校が終わるとそこを通って帰り、枯れ枝を拾って置いておいた紐でまとめて縛り、それを背負って帰ってくるのだ。

貧しいからという理由もあったけれど、薪に関してはそうでもなかった。

先ほど、ガスは来ていなかったと書いたように、そもそもガスが来ていないから、貧しい貧しくないにかかわらず薪は大事なエネルギー源だった。

だから、当時は、他の友達もけっこう薪を拾っていたものだ。

風呂だってそうだ。どこの家でも風呂は薪で沸かしていたし、私の家の場合は母屋の外に五右衛門風呂があって、薪で沸かしてみんなで順番に入った。

今と違って、衣食住すべて、何でも自分たちでやっていた。

船大工だった父は、家すらも自分で作ってしまっていた。私が生まれる前、解体する家

父が自分で建てた杉皮葺きの納屋の前で。向かって左に母屋があった。（左から）父、妹・定子、私。

があると聞いた父は、その家から廃材をもらってきて杉皮葺きの屋根の母屋と納屋の両方を自分で建ててしまったそうだ。

父は五人きょうだい（男二人女三人）の末っ子で次男だった。実家の財産はみんな長男に行ってしまったそうだから、住むところも自分で確保しないといけなかった。

「わしは自分で家建てたんじゃ！」

それが父の自慢だった。

母屋の間取りはというと、座敷が六畳と四畳半、三畳の三部屋に加えて、板間の台所があった。そこにかまどを置いていた。土間には莫蓙を敷いていて、その下には穴を掘ってサツマイモを貯蔵しておく芋壷があった。

学校から帰って来た私が「腹減った！」と言

うと、父は「芋でも食っておけ！」と答えた。しょっちゅう、かまどに入っていた焼き芋を食べたものだ。

その頃、農繁休暇といって、芋掘りなどをするために学校が休みになった。おそらく、三日くらいだったと思うが、農繁休暇になると、テニスコート一面ほどのわが家の畑で農作業を手伝ったものだ。

麦を蒔いて少し芽が出ると麦踏みをする。その際、私はいつも麦踏みをする姉に背負われたのを覚えている。

おそらく、姉の体重だけでは足りなかったんだろう。いわば重石の役目のようなものだ。

もちろん、私も手伝いは欠かさない。

「今日は畑の草取っとけ！」

そう父から命令されると、私は草刈り鎌を持って雑草を刈りに行ったり、船釘を使って草を引き抜いたりした。

■母の死から一年後、父に再婚話が巻き起こる

母の死から一年くらい経った頃、こんなことがあった。

ある日、隣町に住んでいた伯母が訪ねてきた。

用件は、父の再婚話だった。

先方はよく働く女性で、子供がいてもかまわないと言っているという。

伯母はひととおり話し終えると、返事は次回ということで帰っていった。

傍で聞いていたすま子姉は、伯母が帰るなり父にこう言った。

「この家へ継母《ままはは》が来るんやったら、私に妹ら三人欲しいよ。この家出ていくから！」

すま子姉は、三人の妹を自分にくれと言ったわけだ。

この言葉に父は驚いた顔をした。もちろん、芳子姉も私もびっくりした。

果たしてもらってどうするつもりだったのか、今思うと笑えてくる話だが、知らない女性に家に来て欲しくないという強い思いが、姉にそう言わせたのかもしれない。

すま子姉はそれくらい私たち妹三人をよく可愛がってくれた。時には叱られることもあ

ったけれど、それは長女としての立場というより母親代わりとして、小さな妹たちを一人前にしないといけないという気持ちが強かったためだろう。

すま子姉の言葉が利いたのかどうかは分からないが、結局、父は再婚しなかった。育ち盛りの子供たちにひもじい思いをさせまいと、船大工だった父は身を粉《こ》にして働きまくった。

当時は、漁船といえば、ほとんど木造船だった。

「仕事のある時は働かなあかん」

それが父の口ぐせだった。

だが、雨の日ともなると仕事ができない。

そんな日は朝起きると、空を見上げながらこんな風につぶやいた。

「ああ、今日も賃にならん」

うらめしそうに言った後は、納屋に行ってやすりを使って鋸《のこぎり》の目立てをするなど、大工道具の手入れをしていた。

私はそんな父の姿をみながら、子供心にあわれっぽく感じたものだった。

■ある日、父が肺結核を患って入院してしまう

それから二年あまり経った頃、一家の大黒柱である父が、過労が原因で肺結核を患ってしまった。

当時、結核は〝不治の病〟と言われていた。

「うつる病気やから、朝ちゃんの家の前を通る時は息を止めて走らなあかんで！」

友達が無邪気にそう言っているのを垣根越しに耳にした時は泣きたかったたし、本当に辛かった。

当時、周囲の人間は勘違いしていて、飛沫感染を心配して父が使った物は消毒せんとあかんと言って煮沸消毒をしていた。だが、父は排菌しておらず、唾液や痰に菌は入っていなかったのだ。

結核と判明する前、父は最初は空咳《からせき》のような力のない咳が出ていた。

それから次第に具合が悪くなって、開業医の先生に診てもらうことになった。レントゲ

ンで調べたところ、肺がくもっていることが分かって肺結核と判明した。

結核の治療としては、近所の〝百おいさん〟（上中百次郎氏）と呼んでいた男性がストレプトマイシン（抗生物質）の注射を父の尻に打ってくれた。その人は戦時中に衛生兵をしていたそうで、薬も百おいさんのルートで手配してもらった。

いつも百おいさんが来ると、教えてくれた通りに鍋に水を入れて七輪に載せ、ガラス製の注射器を入れて消毒のために三〇分ほど炊いた。煮沸消毒である。

その火（七輪）の番をするのが芳子姉の役割だった。

ただし、薬は高価だったのですぐに米を買うお金がなくなり、私は近所の家や本家（父の実家）に「米一升貸してくれんか?」とよく使いに行かされたものだ。

しかし、父の病気は一向に快方せず、夕方になると微熱が続き、咳も以前より出るようになった。その結果、古座川病院に入院することになった。

父が入院して留守の間、毎日、本家の従兄の橋本守男が家に来てくれた。

「火の元は大丈夫か?」

「戸締りちゃんとしとけよ」

「夜、誰か来ても戸を開けるなよ」

従兄の守男はそう言って帰っていった。ありがたいことに父が入院していた間、一日も欠かさず見回りに来てくれた。

父は結局、三カ月くらい入院していた。

姉たちは毎晩夜なべしてわら草履を作り、ある程度数が溜まってくると、それを勝浦にある市場へ売りに行った。そして、売れたお金で卵を何個か買って帰ってきた。

卵は父に栄養をつけてもらおうと病院に持って行った。

その頃の卵はとても貴重品だったから、もみ殻を敷いて割れないように工夫した菓子の空き箱に入れた。

すま子姉はそれを大事に持ち、定子だけを連れて父の見舞いに行った。

しかし、これが私にはどうしても気に入らなかった。

いつも妹の定子は連れて行くのに、私を連れて行ってくれることはなかったからだ。当然、私だって父に会いたいと強く思っていた。

「姉ちゃん、私も連れてって欲しいよ！」

私がそう言うと、すま子姉に怒鳴られた。

「お前を連れて行ったら汽車賃いるやろ！」

なるほど、そういう理由だったのか。

幼い定子なら汽車賃がかからないけれど、小学生の私を連れて行けば、子供分の汽車賃がかかる。すま子姉のこの言葉には納得するしかなかった。

わずか数駅分だが、わが家にとっては大事なお金だ。


ある時、父のお見舞いに行った時の話を定子に聞いたことがある。

すま子姉は父の病室に入っていったが、いつも定子は病室へは入れてもらえず、外で待たされていたらしい。

「肺病はうつるからな」

そう言われて部屋の外にあるベンチに座って静かに待っていると、父が病室から手を振ってくれたと言っていた。少し離れた場所からだが、それでも定子は父の顔が見られて嬉しかったと話していた。

その話を聞いて、ますます私も一緒に見舞いに行きたかったと悔しかった。

その後、父は退院するが、しばらくは自宅療養を続けた。

こうして、稼ぎ手だった父が倒れたことで、貧乏だったわが家はますます貧乏になった。

当然ながら、それまで以上に厳しい節約生活が至上命令となったのである。

第二章　貧乏だって成績は悪くなかった

——弱きを助け、強きを挫いた少女時代

■朝から山間の地区を駆け巡って新聞を配達して回る

橋本家の貧乏生活を少しでも和らげるため、二人の姉は新聞配達をしていた。最初はすま子姉、次は芳子姉と順番に続いていた。

二人の姿を見ていた私は、小学校を卒業して中学校へ通うようになると、リレーのバトンをつなぐように姉たちの後を引き継いで、新聞配達をすることになった。

こう書くと太地町の新聞配達は数年間、橋本家の独占事業だったみたいだ……（笑）。

担当する範囲は太地町の森浦地区で、配達戸数は全部で一〇〇軒ほどあり、すべて配達を終えるには少なくとも一時間はかかった。

新聞配達をやるためには、当然、以前より早起きをしないといけない。

毎朝、学校に行く一時間以上前に起きて、自分の食べ物は自分で用意する。ほとんど夕べのお粥やおかずの残り物だが、急いでそれらを食べて、しっかり洗い物をして片づけてから着替えて家を出ることになる。

配達する新聞は家から近い太地駅のホームに置かれている。まずはそこに取りに行ってから、約一〇〇部の新聞を抱え、走って各戸を配って回るのだ。

ところで、中学に入ると森浦地区の生徒には自転車通学が許可されていた。私以外の友達はみんな自転車通学をしていた。しかし、わが家は当然のことながら、自転車なんか買ってもらえるはずがなかった。

自転車があれば配達して回るのも楽なのになあ……心の底からそう思った。

森浦地区は浜から近いので起伏はそれほど激しくはないが、それなりに山や谷がある。毎朝、山間を走り回って新聞を配った。

大変だったのが、少し離れたところにある〝三軒屋〟と呼ばれる文字通り三軒しか家がない一角への配達だ。そこは最後になるのだが、距離が開いていたからいつも急いだ。

お陰で脚力は鍛えられ、運動会の徒競走も毎回一位で負けたことはほとんどないが、それはまた後ほどお話ししたい。

■辛かったのは横殴りの雨の日の配達だった

そんな風に新聞配達を続けていたが、何と言っても辛かったのは雨の日だ。

先ほどもお話ししたように、私が住む紀南地方は雨の日自体はそれほど多いわけではないが、いったん雨が降ると海からの強風とあいまって横殴りに降る。

新聞配達の子供に横殴りの雨はかなりの〝強敵〟だ。

とにかく一番に考えないといけないのは、新聞を濡らしてはいけないということ。

「自分は濡れても新聞は濡らすな！」

新聞配達所の人や姉たちにはきつくそう言われた。最近では、雨の日には一部ごとビニール袋に入って配られるようになったが、その頃はそんな便利なものはなかった。

ではどうするかというと、ナイロンの風呂敷を使うのだ。その風呂敷に新聞一〇〇部をくるんで、傘を差しながら配って回る。さすがに雨の日は走れないので、番傘の破れた箇所が頭上に来ないよう傘をうまく回しながら歩かないといけない。

雨靴なんか買ってもらえないし、ゴム草履（〝千日履き〟とも言った）を履いて歩いたが、凄いしりばね（和歌山弁で泥水が背中まで跳ね上がること）だった。

そうやって包んだ新聞を抱えながら配る家の軒先まで行き、濡れないように細心の注意を払いながらナイロンの風呂敷をほどき、一部抜き出して新聞受けに入れる。

もちろん、数軒配り終わる頃には、自分の体は上から下までびしょびしょだ。

雨の日は本当に大変だったし、今思い出してもつらい思い出しかない。家に戻っても着替えないといけないから時間も余計かかった。

だから、朝起きて雨が降っていると思い切り憂鬱になった。


こうして新聞配達に一時間をかけて、配達し終わると遅刻しないように走った。

中学校は小学校よりさらに遠い燈明崎にあった。こやすが谷を登り抜けた高い台地にあり、通うには一時間ほどかかる。

学校の授業開始は八時半で、いつも始業のチャイムが鳴る直前に滑り込みセーフだった。いや、正直に言うと、時々は遅刻していた（笑）。

遅れても特に罰則はなかったし、すごすごと縮こまって申し訳なさそうに教室に入って席に着いたものだ。

このように、月曜から日曜まで毎日の新聞配達と学校の往復、帰りは薪を拾って帰るから一日三時間以上は歩いている計算になる。それこそへとへとになっていた。

日曜になると待っているのが畑仕事だった。

また、時には鳶口《とびぐち》という棒の先に尖った金具がついた道具を持って、父と一緒に海に行くこともあった。

何をするかというと、浜に流れ着いた丸太を拾うのだ。

私が学校帰りに拾ってくる薪だけで炊事や風呂の湯をまかなうのは当然、足りないからだ。山で拾う薪より流木は大きいから、一本拾うとかなりの量になる。

手頃な丸太を見つけると、大きい丸太の場合は鳶口を使って引っ張ってきて手元に引き寄せ、父がのこぎりで小さく切る。

それを家に持って帰って斧で割る。次にそれを乾かして薪にするのだ。

一週間がほぼそんな感じで、友達と遊びたくても遊ぶ余裕なんてなかった。

■運動会は鉛筆やノートを調達するイベントだった

さて、ここからはど根性貧乏だった私の学校生活の話をしたい。

小学校時代、私はランドセルを買ってもらえなかった。

ランドセルは革製だからそれなりに値段が張るわけで、そんなお金のない橋本家の娘はランドセルではなく、ズック地（帆布製）の肩掛けカバンを縫ってもらって通学していた。

当時の子供たちはというと、お金持ちの子はいい服を着ていたし、学用品だって当然、新品を持っていた。

太地町は漁師が多く、クラスの半分くらいは家が漁師をしていた。その中でも、親が南極捕鯨船に乗っている家は裕福だった。

文房具にしても必要最低限のノートと鉛筆、消しゴムなどは買ってもらった。

ただし、それもきれいな大学ノートのようなものではなく、値段の安い、藁半紙を束ねたような分厚いノートだった。開くと中身は茶色のざら紙だったから、他の人が使っているような真っ白い紙のノートが子供心にうらやましかった。

そんな私にとって、救世主とも言えるイベントが運動会だった。

なぜなら、私にとって運動会とは、景品がもらえる大会を意味したからだ。

もともと体力には自信があって、新聞配達をする以前から運動は得意だった。私が大活躍できて、しかも勝てば景品がもらえるというラッキーな日だから、運動会が近付くと私はうきうきして仕方がなかった。

そんな私にとって運動会の中でもクライマックスと言えるのが徒競走だった。

当時、運動会で順位がつく競技の賞品は鉛筆だった。

一等賞が三本、二等は二本、三等は一本、鉛筆がもらえた。これに奮闘しないわけにはいかない。まさに、目の前にニンジンをぶら下げられた競走馬のようなものだ。

とにかく私は夢中になって走った。

当然、いつも一等で、鉛筆が三本ももらえたことがとても嬉しかった。

〝強い身体　明るい心　太地町小学校〟

もらった鉛筆にはそう書いてあったが、私の自慢の鉛筆だった。

また、運動会では、それとは別に「地区別対抗リレー」というのがあった。当時は子供がたくさんいたから、運動会は町を挙げての一大イベントだった。そんな運動会のメインイベントが、地区別対抗リレーだった。

地区ごとに選抜された選手が学年ごとに集結して勝敗を競うというものだ。グラウンドに集まった観客全員が声を嗄《か》らして熱烈に応援する、私にとっても町の人にとっても、運動会の中でも一、二を争う盛り上がりを見せる競技だ。

もちろん、私も毎年、選手に選ばれていた。

こちらの景品はノートで、私はそのノートが欲しくて頑張った。

覚えている限りほぼ毎年優勝して、ノートをもらっていたのは言うまでもない。

■父が作ってくれたブリキの筆箱を大事に使う

そうやって手にした大事な鉛筆だが、使う時はたいてい両側から削って使った。書ける長さは当然同じだが、本数を買ってもらえない私には片方が書けなくなっても、すぐにもう一方で書けるから便利だった。

その分、両方書けなくなると削るのが二倍になるわけだが……（笑）。

また、ノートも常に二回分使っていた。

どういうことかというと、一冊のノートを、最初は普通の鉛筆で一方から数学の勉強を書いていき、反対側からは国語のノートとして使う。国語と数学では開く方向が違うから一冊のノートを両サイドから使うわけだ。

同じノートだから結局はどこかでぶち当たるのだが、そうなったら二回目は青鉛筆で上から書いていく。そうすれば一冊のノートが二冊分使える。

始めの頃は一回、一回使っては消して、使っては消していたのだが、消す作業が面倒で、上から色鉛筆で書くようにした。これはすま子姉直伝の使い方だ。

多少読みづらい部分はあるが、消してしまうと書いたことが分からなくなってしまうから、その辺は両方の文字が読めるように書くのがポイントだ。

このやり方のコツは、最初は薄く書くこと（笑）。そうしないと読み難くなる。

今だったら新聞のチラシの折り込み広告の裏側の無地の部分に字を書いて勉強したりするところだろうが、その頃、チラシもそんなになかった。

そうやって運動会で頑張って鉛筆やノートなど文房具を手に入れていたが、学校に行くときに必要なものがもう一つある……それが筆箱だ。

もちろん、筆箱も買ってもらえるはずがなかった。では、どうしていたか？

そう、父が作ってくれたのだ……ブリキ製の筆箱を。

ブリキを切って長細い箱のようなものを二つ作り、上下でサイズを変えてうまくはまるようにする。周囲はちゃんと折り曲げて、手を切らないような作りになっていた。見た目は小さめの弁当箱みたいだったが、鉛筆と消しゴムを入れる分には十分なサイズだった。

同級生はと言うと、当時はみんなセルロイド製の筆箱を使っていて、特に女の子はカラフルな柄の入ったものを使っていた。内心、あんなのが欲しいなと思ったものだけれど、当然、買ってもらえるはずもないから諦めていた。

私は特段、不満はなかったが、女の子らしさは皆無だったので、自分で色紙を可愛いチューリップの形に切って、筆箱に貼っていた。

少しでも女の子の持ち物らしくしようとしたのだ。

ただ、一つ気になったのは、落すと大きな音がすることだった。

つい不注意で落としてしまうと、〝ガシャン！〟と大きな音が教室中に響きわたるのがとても恥ずかしかった（笑）。

「これ壊したらもう後はないんやぞ！」

ブリキの筆箱を作ってもらった時に、父からそう言われていた。

だから私は筆箱をできるだけ大事に使った。いや、大事に使うも何も、そもそも頑丈だから壊そうと思ってもなかなか壊れない。

結局、中学を卒業するまで使い続けることができた。

父に、そして、あの筆箱に感謝したい……そう言えば、あの筆箱はどこにいってしまったのだろう……。

■貧乏だったけれど、勉強も運動もできたと思う

さて、少女時代の私はといえば、自分で言うのもなんだが、相当、やんちゃだった。

橋本家の四姉妹の中でも、一番元気はつらつで口も体も達者だった。

物心ついてからずっと口が達者で負けず嫌い。けんかでも何でも負けるのが嫌だった。女の子だからけんかと言ってもせいぜい口げんかだけれど……いや、違うか（笑）。

四姉妹の中で、すま子姉はしっかり者、芳子姉も負けん気はそれなりに強かった。一番下の妹の定子は小さい時から病弱で、学校も休みがちだった。もしかすると、私は定子の分まで元気をもらってしまったのかもしれない。

そんなに元気だったから、近所でも学校でも、女番長というか、女ガキ大将というか、相当好き勝手をしていたのも事実だ。

ただし、近所の弱虫をいじめて喜ぶような女番長ではなく、〝弱きを助け、強きを挫く〟、いわば義侠心あふれる女番長だった（笑）。

特に親が金持ちで、それを鼻にかける子が大嫌いで、弱い子の味方だった。

〝何？　親が議員さん？　それっぽっち何ぼのもんや！〟と息まいていた。

親の立場とか、親の経済力を笠に着るような子はいくらでもいる。特に田舎は、あの子の親は誰々だとみんなが知っている。そういう子は普通の人より得な人生を歩むのだろうけれど、そういう子が威張ろうものなら私は絶対に許せなかった。

また、学校の休み時間でも、男の子が登るような木に登ってみたり、時には落ちたり、食べる物にも困るほどの貧乏だったのに、それ以上に元気に暴れ回っていた。

学校は楽しかった。たとえ貧乏でも、わら草履を履いていても、ランドセルじゃなくても、ブリキの筆箱でも……全然気にならなかったくらい楽しかった。

ちょっとした暴れん坊だったから勉強は苦手だろうと思われるかもしれないが、実は勉強も大好きだった。

家で本を買ってもらえないから、学校の図書室を利用した。私の他に二人、本が好きな友達がいて、いつも三人で休み時間は図書室に本を読みに行ったものだ。

先生に、「お前らは〝図書室の虫〟やわ」と言われたこともあった。

中学校に行くようになると、数学、国語、英語……と、ほとんどの科目が得意だった。数少ない苦手な科目が地理で、世界地図を買ってもらえなかったので、どの国がどこにあるのかもよく分からなかったから……というのは言い訳だろうか。

どれくらい勉強ができたかというと、テスト結果が一つの目安になるかもしれない。

中学に入って三年生ともなると、受験の準備のために模擬試験が行われるのは今と同じだ。採点が終わると、昇降口の壁に上位一〇番くらいまでが名前と点数を発表される。

自慢ではないが、私はたいていその上位一〇人に入っていた。

当時、生徒は一クラス約四〇人で、全部で三クラス一二〇人くらいいた。一二〇分の一〇というわけだ。文武両道というと大げさだが、勉強も運動も楽々こなしていた。


ただ、貧乏ゆえに家で勉強するのも一苦労だった。

夜、学校の宿題をやろうとしても、部屋の中には裸電球が一個しかなく、しかも、それを父が新聞を読むために占領していたからだ。

父はなぜか、いつも広げた新聞を裸電球にできるだけ近付けて読んでいた。

どうしてそんな体勢で新聞を読むのか分からなかったが、それが父のいつもの新聞の読み方で、そのために部屋中が暗くなってしまい、教科書の字も読みにくかった。

だから、宿題をやるのは、いつも父が寝てからだった。

朝は早くから起きて新聞配達をして、夜は父が寝た後に勉強する……当然、眠気が襲ってくる。字を書いているうちにウトウトし出して、そのうち何を書いているか分からなくなってしまう。それはもう大変だった。

父のお気に入りの新聞は朝日新聞だった。

私たち姉妹が配達しているのは朝日新聞と毎日新聞、そして産業経済新聞（現・産経新聞）の三紙だったのだが、配達して余りが出るのはなぜか毎日新聞が多かった。

父に余った毎日新聞を渡すと、「朝日新聞は残らんのかいなあ」と残念そうな顔をした。

勉強するにもひと苦労だったが、言ってみれば根性の上に胡坐をかいている感じで、だから、貧乏には強くなった。

貧乏自慢をするなら私は全く負ける気がしない。何事も経験で、経験に勝る財産はないと思うし、貧乏を経験したお陰で私は心身共に強くなった。

〝もう、こんな生活は嫌や！〟

時にはそう思うようなこともあったかもしれない。でも、そんなことは忙しさに紛れ忘れてしまった。それほど毎日が必死だった。

ちなみに勉強机はというと、母が残してくれた嫁入り道具の木箱〝長持〟を基に父が作ってくれたものだった。

ただし、下手に文武両道だったがゆえに生じた悩みも私の中で次第に大きくなっていった。これが、勉強が苦手で教科書なんか見たくもないという子供だったなら、義務教育を出たら普通に働けばいいだけのこと。それしか選択肢はないのだから。

でも、進学できる能力はあるのに貧乏だから進学できない……それが子供心にも辛かった。詳しくは後述するが、世の中というものは、お金がないとどうしようもできないことがたくさんあると子供心に悟った。

〝大人になったら、絶対金持ちになるぞ！〟

小学生のころからそう思っていた。

まあ、そう思っていたものの、いまだに貧乏を引きずっているわけだが（笑）。

■いじめっ子を待ち伏せて田んぼに突き落とした！

貧乏な子供と言えば、すぐ思い至るのが、いじめられることはなかったのかという心配だと思う。貧乏な子＝いじめられっ子というのは、いつの時代にもありがちな図式だ。

私は幸い、前述したように元気溌剌な健康優良児、かつ、女番長だし、成績も良かったのであまりいじめられることはなかった。

ただ、一度だけこんなことがあった。

着る物の話はしたが、洋服同様、靴下も同じ物をずっと履いていた。一足しかなかったものだから、いつもかかとのところが破けて両足とも丸い穴が開いていた。

でも、それしかないから、毎日帰ると洗って乾かして、翌日もまた履いていた。風がないとなかなか乾かないから、団扇であおいで乾かすようなこともあった。

そんな両足に穴が開いた靴下を履いて学校に行っていたある日、一人の男の子が、伸ばした両手でそれぞれ○を作って、私に見せ付けるように騒ぎ出した。

「橋本の靴下こんなん！」

「橋本の靴下こんなん！」

両足の靴下に丸い穴が開いていることを馬鹿にしたいのだろう、何度もそう言って茶化してくるのだ。私の顔を見るたび、しょっちゅうそれをしてきた。

これにはいい加減、腹が立った。

〝いつかやり返してやる！〟と思って、復讐の機会をうかがっていた。

そんなある日、彼がまた同じことをやった。

〝よし！　今日こそはやったるど！〟

私はその子の家を知らなかったので、近所に住んでいる友達に教えてもらったところ、友達は「一緒に行ってあげる」と言って案内してくれた。

そして、その子の家に近い田んぼ道の物陰に潜んで待ち伏せした。

しばらくすると、何も知らないその子が楽しそうに帰って来るのが目に入った。

〝よし、もう少しだ！〟

その子がちょうどいい場所に来るのを見計らって、私は突然、飛び出した。

「いい加減にしやませ（しろ）ー！」

そう叫んで、その子を田んぼにドーンと突き落とした。

落ちていくその子がこっちを振り向くと、恐怖で引きつった顔をしていた、あの顔は今も忘れない。次の瞬間、バチャーン！　と音を立ててその子は田んぼに落下した。

まるでテレビの〝どっきりカメラ〟のようだった。

実はその子が来る前、ちゃんと落としても大丈夫そうなところを選んでおいたのだ。

〝よし！　ここに落としてやる！〟としっかり計画していたわけだ（笑）。

私は、泥だらけで田んぼに尻もちをついているその子の姿をしかと見届け、満足感を胸に悠然とその場を去った。

もちろん、その子とは翌日もクラスで顔を合わせたけれど、私は知らん顔をして何事もなかったかのように振る舞った。

その一件以来、その子は私にピタッと何も言わなくなった。

それだけ私も男の子以上に腕白だったということだ（笑）。

――それから何十年も経った後のこと。夫の妹夫婦が那智勝浦で散髪屋をしていたのだが、その店に、かつて私に田んぼに突き落とされた彼が髪を切りにやって来た。

そして、こんな風に言ったという。

「お宅の兄嫁は、学校行くとき恐ろしかったわに！」

突然、女の子に田んぼに突き落されて泥だらけになったのだから、強烈な思い出だったことだろう。散々いじめてきたのだから仕返しされて当然とはいえ、私をそんなに恐ろしがっていたとは、ちょっと申し訳ないような気もするのだった。

今の世の中、ひどいいじめが蔓延しているという。

全部が全部、それで済むような簡単な問題ではないが、私は心のどこかで、いじめられたらいじめ返してやればいいとも思う。そしたら、次からもういじめてこなくなる可能性が少しはあるのではないだろうか。

特に、いじめられた最初の頃にやり返せば、効果もあるのではと思う。いじめが習慣になる前にやり返す。いじめられっぱなしでおるから、何度でもやられるという部分も否定できないような気もするのだ。

ただ、私はいつも孫たちにこれだけは言っている。

「けんかをするのはいいけれど、自分から手を出すなよ！」

そして、「相手が手を出してきたら、やり返せ！」と言っている。

それが紀州の女番長の教えだ（笑）。

■少女時代は〝はっさい〟だった

後年、私が那智勝浦町立温泉病院で働くようになってからのことだ。

ある日、当時の町長さんが病院に来て、私がいる詰所に顔を見せた。

町長さんの家はガソリンスタンドを経営しており、そこで戦争から復員して来た父の従弟が働いているという縁があった。

「おい、寺岡！　お前、わしとこの林と親戚やというやないか？」

「そうよ。林と私の父親が従兄弟同士なんよ」

町長さんがそう言うので返事をしたところ、続けてこう言った。

「お前、子供の時にたいがい〝はっさい〟やったんやと言うな！」

これにはびっくりした。

〝はっさい〟とは和歌山の古い言葉で、ものすごくやんちゃな人間のことだ。

「町長さん、〝はっさい〟という言葉、久しぶりに聞いたよ」

そう言って笑うと、町長さんが「やっぱり、〝はっさい〟やったんか！」と同じことを言うから、私も調子に乗って笑いながらこう答えた。

「違うね、町長さん、他の人がちょっと弱すぎたんや！」

まあ、それくらいやんちゃだったことは間違いのない事実のようだ（笑）。


でも、前述したように誰でも彼でも暴力を振るうなんてことはなかったし、逆に、いじめられている女の子がいると助けに行った。

子供の頃、よく芳子姉が学校で泣かされて帰って来ることがあった。体も華奢《きゃしゃ》だったから、いじめられて泣いて帰ってくるのだ。

その姿を見て、黙っていられない私は芳子姉に聞いた。

「今日、誰にやられたん？」

相手の名前を聞くと、私は手近なところにあった長い棒を手に取ってやり返しに行ったこともある。

芳子姉をいじめた相手を見つけて、棒でめちゃめちゃ叩いた……ように覚えている。

まあ、実際は今一つクリーンヒットしなかったし、三歳年下の子に叩かれてもあまり痛くなかったのだろう。また、相手だって三つも年下の女の子に殴られたとは周囲に言いたくなかったのかもしれない。結果として大事にはならなかった。

ただ、その女の子が後で芳子姉にこう言ったとか言わなかったとか（笑）。

「芳子ちゃんの妹、恐ろしいわに」

これもどこかで聞いたようなセリフだが、どうやら私は近所のいじめっ子たちを震え上がらせるほどには恐れられる存在だったのかもしれない（笑）。


それでも、ふだんは人の役に立つことだってたくさんしていた。

学校に行く時なども、同じ学校に通う子供たちを太地駅の近くから誘いながら通学したものだ。自然と私をリーダーに、集団登校のようになっていた。

下級生の子供らは、家の前まで親がついてきた。

「朝子ちゃん、連れて行って！」

そう言って頼まれていた。まるで、子分を引き連れて学校に行くガキ大将だ（笑）。


そんな風に、貧乏は貧乏でも、たくましく生きる貧乏だった。

男の子相手だって臆せず向かっていくくらい気が強かったから、ちょっとたくまし過ぎたかもしれないが、そんなことだから、いじめてくる人間もそんなにいなかった。だから私は、靴下の一件を除いて、いじめられた記憶はあまりない。

まあ、敢えてどちらかに分けるならいじめる側かもしれないが（笑）、何もしないのにいじめたりするようなことは絶対にしない。

いじめというより悪者退治のようなものだ。

なぜなら、あくまで、私のモットーは〝弱きを助け、強きを挫く〟だからだ。

■父の入院以降、やむなく生活保護をもらい始める

姉の芳子は中学を卒業して三年くらいしてから大阪へ働きに行った。そして、父とすま子姉、妹の定子の四人暮らしになると、前述したように父が肺結核を患う。

すると、橋本家は生活保護を受けるようになった。生活保護を受給するということは、いかに辛くみじめなことか実感せざるを得なかった。

父は口を開けばこう言っていた。

「国に養ってもらってるんやから贅沢するな、贅沢言うな！」

そんな父の真っ当な言葉を聞きながらも、〝贅沢なんかしたくてもできるはずないやん〟と心の中で文句を言っていた（笑）。

私が今も鮮明に記憶しているのは、役場に生活保護費をもらいに行く日のことだ。すま子姉は仕事があるから、生活保護費をもらいに行くのは私の役目だった。月半ばの受給日にはいつも学校を三〇分早退して、役場へ受け取りに行った。早退しないと役場が閉まってしまうからである。

その日の最後の授業……ホームルームや掃除の時間に早退した。

最初のころは早退する度に職員室に行き担任の下崎三郎先生に断りを入れていたが、そのうち、先生も「言わんでもいいから帰ったらええわ」と言ってくれた。

当時の生活保護費は現金給付で、茶封筒に入っていた。果たしてどの程度の金額をもらっていたのか、私は一度も中身を見たことがないから知らなかった……。

学校を早退するとその足で役場へ行き、窓口に向かうと名前を言って係の人に印鑑を渡す。それと引き換えにきちんと糊付けされた茶封筒を受け取り、印鑑を返してもらう。

その次に必ずやることがあった。

封筒を持って足早に役場のトイレの個室へ入るのだ。

なぜ、トイレの個室に入るのかというと……緊張が解けて用を足す、わけではない。

封筒をしっかり風呂敷の間に挟んだ後は、それを服の下からお腹にきっちりと巻くのだ。

そして、外から見えないように服で隠したらトイレを出る。

役場から家までは二、三〇分くらいだろうか。誰か怪しい人物が周囲にいないか、あるいは、お腹に巻いた風呂敷がゆるんでないかなど、ちょくちょく確認したものだ。

〝このお金に家族の生活がかかっている。落としたら絶対にあかん！〟

そう思いながら細心の注意を払って家路を急ぎ、無事に家に着くとホッとした。

とにかく、大変な役目ですごく責任があった。だから、受給日が来ると私は緊張した。

父が入院したのは小学校六年生の時で、それから二年と少しの間、そんな生活が続いた。

だから、当然のように小遣いなんてなかった。

お盆とお正月には五円ずつもらったことがあるが、貯金なんてせず、せっかくの小遣いだから使わんとあかんと、すぐアイスキャンディーや飴を買ってしまった。

■ようやく行けた二泊三日の修学旅行の思い出

中学三年生になると、教室は修学旅行の話でもちきりになった。

行き先は修学旅行の定番と言える大阪、京都、奈良の二泊三日だったが、私はクラスメートの話の中へ入っていけなかった。なぜなら、修学旅行の費用なんて払えるはずもなかったからだ。

事前に出欠を調べるアンケート用紙が配られると、私は親に見せるまでもなく欠席の欄に「○」を付け、理由の欄に「経済的事情」と書いた。

その用紙を提出して四、五日経った夜のこと、突然、学級担任の下崎先生が自宅を訪ねて来た。何ごとかと思ったら、用件は私の修学旅行のことだという。

「校友会費の余ったお金があるから、それで行かせてあげられると、校長先生がおっしゃっている」

下崎先生はそんな風に話された。

その話を聞いて、私は飛び上がりたいほど嬉しくてたまらなかった。

「よろしくお願いします！」

父は下崎先生にそう言って、両手をついて土下座に近いほど頭を下げた。

……そこまでは良かったのだが、先生が帰られるとすぐ、すま子姉が涙を流しながら大声で叫んだのだ。これには私もびっくりした。

「そんなことまでしてもらって旅行へ行きたいんか！　この恥さらし！」

どうやら、姉のプライドが許さなかったようだ。

しかし、私だって負けていない。泣きながら叫んだ。

「行きたいよ！　一生に一回やのに！」

そう言って、最後まで譲らなかった。

その時、私をにらみつけたすま子姉の顔は今も忘れられない。

私の記憶にはないが、今思うと、もしかしたらすま子姉自身が修学旅行に行けず、悔しい思いをしたことがあったのかもしれない……。

そんなやりとりを横で見ていた父が、ようやく口を開いた。

「学校から行かせてもらったと思ったら大間違いや！　借りたつもりでおれ！」

その一言で、その場は収まった。

私の脳裏に、父のこの一言がこびりついた。

〝借りた金なら返さなあかんな〟――そう心に固く誓った。

ところで、学級担任の下崎先生は素晴らしい先生だった。当時、三〇代後半か四〇代前半だったろうか、貧乏人の子も金持ちの子も差別せずに平等に扱ってくれた。専門は体育だったけれど、たくさんためになることを教えていただいたことをこの場を借りて深く感謝したい。

こうして、私は何とか修学旅行に行けることになった。

私は、大阪へ働きに行った芳子姉が宿まで面会に来てくれるやろかと考えていた。そこで私は、旅行の日程を手紙で芳子姉に知らせた。

■大阪の高級寿司店へ、そして姉に小遣いをもらう

いよいよ修学旅行に出かける当日がやって来た。

まずは太地駅から汽車で大阪の天王寺まで行く。その頃、汽車に乗るのもせいぜい隣町の新宮くらいまでだったから、大阪まで行けることに私はとても興奮していた。

準急に乗って和歌山まで約四時間、そこから天王寺まで約一時間、お昼は弁当を汽車の中で食べた。その後、奈良に向かって興福寺や奈良公園の猿沢池などの名所旧跡をバスで観光して回り、再び大阪に戻って宿泊した。

大阪では初めてプラネタリウムなるものを見て、感動したのを覚えている。


その日、大阪に戻ってからの自由行動の際、私は友達の福島さんと一緒に、彼女のおばさんが経営しているという寿司店に連れて行ってもらった。

泊まっている旅館を出ると、福島さんは颯爽とタクシーに乗り込み、つられて私もタクシーに乗った。もちろん、生まれて初めてのタクシーだ。

タクシーの中から見る大阪は大都会で、本当に人が多いなあという印象だった。

そして十数分後、タクシーを降りた先にあったのが、「オーシャンビュー」という今思えばおよそ寿司店らしからぬ名前の店だった。

店内もとてもモダンな感じだった。学生服を着ているとはいえ、私はもう、自分が明らかに場違いなところに来てしまったことを身に染みて感じ、かなり萎縮した。福島さんの隣で小さくなっていたものだ。

聞くところによると、福島さんのおばさんはアメリカ暮らしが長かったようで、帰国後、夢だった寿司店を開いたという。

「オーシャンビュー」は大阪でも有名らしく、店の中には有名人の写真がたくさん飾ってあった。その中には、こまどり姉妹や力道山といった私が知っている人気スターもいた。

考えてみれば、私にとっては初めての外食で、とにかく初めて尽くしの旅行だった。

出てくる寿司がみんな美味しくて天にも昇るようだった。

でも、その一方で内心焦っていたのだ。

〝これきっと高いんやろうな。「お金払って」と言われたらどうしよう〟

幸いなことに、「払え」とは言われなかったので安心した（笑）。

しばらくすると、芳子姉が「オーシャンビュー」にやって来た。

私は久しぶりの再会が本当に嬉しかった。姉はすっかり都会のモダンな女性になっていて、その変わりように私はとっても驚いた。

実は世間は狭いもので、姉が働いていた店「すし半」は「オーシャンビュー」の姉妹店で、福島さんのおばさんの身内の方が任されていた店だったのだ。それで連絡を取ってくれて、私は芳子姉と会えたというわけだ。

しばらく芳子姉と話をして、別れ際、姉は小遣いを一〇〇〇円もくれた。それが嬉しかった。私が中学を出て働きだした時、住み込み食事付きで給料が二〇〇〇円だったから、その数年前の一〇〇〇円はかなりの額だったはずだ。

よく父が「手に職を付けろ!」と言っていたが、芳子姉は調理師の資格を取って頑張っていた。その後は住友金属の来賓食堂で働くようになった。

二日目は京都に向かい、観光バスに乗って寺社仏閣などを回って一泊したが、その時の観光バスのガイドさんがとても輝いて見えた。

当時のバスガイドと言えば、時代の花形、女性にとっては憧れの職業の一つだった。

「こちらが烏丸通りです……」などと言って外を指差し、きれいな声で案内してくれた。

〝私、卒業したらバスガイドさんになろうかな〟

そんな風に夢見たものだ(笑)。

さて、芳子姉にもらった小遣いで、私は高島屋でお土産を買った。すま子姉と妹の定子、そして隣のおばさんに、それぞれ粟おこしを買ったのを覚えている。

今にして思えば、とても楽しい三日間で、私は修学旅行に行けるよう取り計らってくれた校長先生と下崎先生、そして、学校の申し出を受け入れてくれた父に感謝した。

あの晩は「恥さらし！」と言って反対したすま子姉も、お土産を渡し、芳子姉と会えた話をすると嬉しそうに笑ってくれた。

■学費を払うことができず泣く泣く高校進学を諦める

修学旅行も無事に終わると、学校では進路問題が浮上してきた。

進学する生徒は新宮高校の普通科か商業科、あるいは古座高校かの選択である。その話題でもちきりだった。当時の高校進学率は五〇パーセント強だっただろうか……。

義務教育とは違い、学費がかかる高校に進学できないのは自分でもよく分かっていた。

しかも、卒業を前に、振興局の福祉係の男性が家に来て、「生活保護家庭やのに進学なんてとんでもない」という話をしていった。

その頃、生活保護を受給している家庭の子どもは進学してはならず、働いたお金を仕送りして生活保護を外れるようにという指導がなされていた。

〝何くそ！　何で進学していかんのじゃ！〟

国の制度には逆らえないものの、悔しくてたまらない。

受験すれば合格する自信があったからだ。

私の名前も入っていた模擬試験の成績上位者一〇人は、みんな進学校の新宮高校を受験する予定だった。

入学願書の締め切りの日、私は悔しくて悔しくて我慢できず、父に向かって胸中をぶちまけた。

「こんな貧乏な家へ生まれたくなかったわ！　高校へも行かせてもらえんような……」

その後は言葉にならず、私は目をつぶって大泣きした。すぐにでも飛んでくるはずの父の拳を気にしながら……。

父はいつも、怒るとすぐに拳骨を食らわせたものだったが、この時は拳が飛んで来なかった。私は不思議に思って恐る恐る目を開けて父の方を見た。

すると、父の頬に涙が伝っているのが見えた……。

〝しまった！　泣かせてしまった！　悪いことを言ってしもうた！〟

この時ばかりは後悔の念でいっぱいで、私は殴られるより心が痛かった。

父は自分の不甲斐なさを悲しんだのかもしれない。

この時に見た涙が、私が生まれて初めて見た父の涙だった。


そんな私が抱えていた葛藤とは関係なく、高校受験の季節がやってくる。

同級生の約半分が受験をし、それぞれの志望校に合格したり、不合格になったりする中、友達から、金持ちの家の○○ちゃんが落ちたという話を聞いた。

「○○ちゃん落ちたんや！　見栄張って新高なんか受けるからや」

その時、私は〝ざまあみろ！〟と思った。

友達は続けて、「古座にしとけば良かったのに」と言った。

古座高校は、レベルで言うと新宮高校より下だった。
○○ちゃんの父親はマグロ漁船の船長をしていたが、船長は普通の船員の三倍の収入だそうだ。

〝家にお金があったって、人生思うようにはいかんのや！〟

少し意地が悪いかもしれないが、そう思ったのも隠しようのない事実だ。

■お世話になった中学の下崎三郎先生には感謝しかない

しばらくして卒業前に下崎先生との進路に関する個人面談があった。

下崎先生はこの時、看護師養成所と定時制高校の存在を教えてくれた。

「橋本は今、いっぱいつらい思いをしていると思うけど、今の苦労が大人になるための肥やしになる。立派な芯の強い人間に成長するのだ」

そう教え諭してくれた。

すごく説得力があり、本当に尊敬のできる先生だと心の底から思った。

「昔から、若い時の苦労は買ってでもしろと言うくらいやからな」

そうも教えてくれた。

ところが……である。

下崎先生の言葉に感動した私は、家に帰ってさっそく家族にその話をした。

すると、すま子姉はすかさず大きな声でこう言ったのだ。

「ふん！　若い時の私のこの苦労を売りたいわ！」

確かにそれもそうだと思う一方、〝そんなん誰が買うねん〟とも思った（笑）。


卒業式を前にした三月の初め、潮岬まで日帰りの卒業遠足が行われた。

串本駅まで汽車に乗って、そこから歩いて本州最南端の潮岬まで足を運んだ。

昼のお弁当はすま子姉が作ってくれた。

のり巻き一本で中には沢庵と大葉が入っていた……のはいいのだが、なぜかは分からないが、ご飯の量が偏っていて、均等な巻き方ではなかった。

器用な姉なのに、その日は〝何これ！〟と怪訝《けげん》に思ったのも事実だ。

すると、それを見たクラスメートが茶化した。

「朝ちゃんとこの寿司、メガホンみたいやね！」

そう言われたのが、姉のことを馬鹿にされたみたいで悔しかった。

下崎先生とは卒業してからも二回ほど会ったことがある。

一度目は私が働いていた那智勝浦町立温泉病院に、友達が入院してるから見舞いに来たと言って顔を見せてくれた。その後にもう一回、偶然、郵便局でお会いした。

教頭職を最後に退職されたようだが、本当に立派な先生で、私の人生に大きな影響を与えてくれた恩師と言っても過言ではない。

■中学卒業後は和歌山に出て看護師の道を歩む

中学校を卒業後、私は和歌山市に出て見習い看護婦として働くことになった。

その傍ら、下崎先生に教えていただいたように、夜は近くにある和歌山県立青陵高等学校定時制課程に通うことにした。

和歌山の堀止という繁華街にある内科・循環器科の個人病院に住み込みで働きながら、和歌山市医師会付属の准看護師養成所に通うという形だ。普通の専門学校は三年だが、そこは二年で資格が取れた。

前の通りを路面電車が走っていて、電車が通り過ぎるとほこりが舞って、病院の待合室のガラス窓の桟にほこりがバーッと溜まるような場所だった。

繁華街にある病院だから、患者さんはとても多かった。

そこの奥様は医者の家に生まれ育って、医者に嫁いだという苦労知らずの人だった。一方で先生は真面目な方で、どうやら奥様の尻に敷かれている感じだった。

ある時、奥様がやって来ると私の手を取り、私の指でほこりの溜まっている窓の桟を拭いたのだ。これには唖然としたし、〝嫌みやなあ〟と思ったものだ。

まあ、そんなことはあったもののふだんは取り立てて言うほど嫌みな方でもなく、住み込み生活がごく普通に始まった。


当時の生活はというと、養成所に行かせてもらっているからというので、朝は一人だけ早起きして掃除をする。母屋と医院は渡り廊下で行き来できるようになっていて、母屋にはお手伝いさんがおられたけれど、手の空いた時には手伝いにも行った。

午前中は診察の手伝いをして、午後は養成所まで自転車で通学した。

そして、一時半から四時半まで授業を受ける。当時、生徒は全部で四〇人くらいいて、それぞれ個人病院で働いている女性ばかりだった。講師も婦人科は婦人科、内科は内科という形で、それぞれ開業している医師会の先生方が教えに来てくれていた。

養成所の授業が終わって帰宅すると夕食をいただいて、急いで夜の診察の準備をして、その後は定時制高校に通っていた。

定時制高校の校舎は県立桐蔭高校と同じ敷地にあったが、校名は青陵高校だった。その頃の定時制高校は、向学心に燃えている人が多かった。勉強したいけれど、家の事情で昼間は働かざるを得なかった人たちが勉学に励んでいた。

学費は勤め先の開業医の先生が出してくれたが、その分、一緒に働き始めた人たちが手取り三〇〇〇円の給料をもらっていたところ、私だけ二〇〇〇円だった。

養成所卒業後は、一年間、お世話になった開業医の元でお礼奉公をして、それから民間の病院に移った。一方で定時制は四年間なので、その後も勉強を続けた。

■修学旅行費を返し、悲願だった高卒の経歴を得る

修学旅行のお金を返したのは中学を卒業してから二年目のことだった。

給料の二〇〇〇円に加え、盆と正月は別に三〇〇〇〇円をもらっていたので、その中から貯金をして一万円を返した。太地中学校の下崎三郎先生宛てに現金封筒で一万円とお礼状を添えて送ると、後日、下崎先生から返事の葉書をいただいた。

「あのお金は返さなくて良かったのに。せっかくだから、橋本の気持ちを汲んで学校の為に使わせてもらうと校長が言っている」

そう書かれていた。

借りたお金をやっと返済できたことで、私はようやく肩の荷が下りた気がした。

父にもその由、便りを出したら返信が来た。

「まず健康第一。病気で寝込んでしまったら貧乏しても乞食に回ってもいけんぞ。次は少しずつでも貯金せよ！　大人になって貧乏したくなかったら」

父からの便りの内容は非常に説得力があった。超貧乏の経験者だから……。

その後、定時制高校も無事に卒業し、私は悲願とも思える〝高校卒業〟という経歴をようやく手に入れた。

「こんな貧乏な家に生まれたくなかった……」

そんな私の言葉に、父が無言で涙を見せたあの日から苦節四年余りが過ぎていた。

これで中学三年生の時に感じた、高校に進学できないという悔しさをようやく跳ねのけることができたと、私は心の底から大いに喜んだ。

もしかしたら、あの日、父が涙を見せなかったら、中卒のままでも良かったのかもしれない。こう書くと最終学歴が中学の方には申し訳ないが、准看護師になるためには高卒の資格は必要なかったし、実際、中学を卒業して准看護師を目指す人も多かった。だが、その後、ほとんどの人が定時制や通信教育に行った。

それでも、私が高卒という経歴が欲しかったのは、初めて見た父の涙を無にしたくなかったのと同時に、高校に行けるだけの学力がありながら貧乏ゆえに行けなかったという悔しさを跳ね返したかったからに違いない。

今となっては、あの日、生まれて初めて見た父の涙に感謝している。

第三章　結婚生活もマイナスからスタート

――看護師として定年まで勤め上げる

■ようやく貧乏と縁が切れた気がした看護師時代

新しく働く病院は、養成所の同級生からそれぞれの勤務先の内情を聞いて決めた。

そこは和歌山市内の中心部から外れた塩屋にある精神科がメインの民間病院で、同級生に上司に掛け合ってもらったところ、いつ来てもいいと言っていただけたので、そこで働くことにした。

その病院では健康保険や厚生年金、失業保険などの社会保険関係にも入れたし、肝心の給料も倍近く増えた。そこで三年ほど働いた頃、転職の世話をしてくれた同僚が辞めて和歌山県立医科大学附属病院に行くというので、私も辞めて和歌山医大病院で一緒に働き始めた……それが確か二一、二歳の頃だったと思う。

当時の和歌山医大病院は今と場所が違い、和歌山城公園のすぐ前にあった。

私はもともと外科系の科目が好きだった。

子供がお腹にいる時は立ちっ放しの仕事はきついので内科外来に異動させてもらったが、それ以外は外科、整形外科、外科病棟、手術室……などで働いた。

和歌山医科大学附属病院で働いていた頃。

大学病院は患者さんも多いのでたくさん経験が積めたし、看護師としていろいろな技術や新しい知識を学ぶことができた。

生活が安定したのはその頃からで、給料は手取りで月額一万円を超えていたと思う。ようやく自分の着たいものを買えるようになった（笑）。

今度こそ、本当に貧乏とは縁が切れたのではないかと思い始めたのもその頃だった。

もちろん、そんなのは単なる気のせいで、実はその先に落とし穴が待っているとはその時の私は全く思いもしなかった……。

和歌山医大病院に移って六年くらい勤務した頃だろうか。

養成所で共に学び、塩屋の精神科病院からずっと一緒に働いてきた同僚が結婚退職するというので、私も思い切って辞めようと決断した。

その際、地元に近い那智勝浦町立温泉病院が看護師を募集しているのを知って、応募してみることにした。温泉病院は当時から温泉湯治療法をメインに、外科、内科、循環器科などさまざまな科目を構える総合病院で、理学療法士が入念なリハビリを行うことでも人気の病院だった。

温泉病院で働くことが決まると、久しぶりに実家に戻った。

当時、父とすま子姉夫婦の三人が暮らしていたが、姉の夫は船乗りだったので家を留守にすることが多かった。その後、一年半ほど実家暮らしが続いた。

■出会って二回目、最初のデートでプロポーズ!?

温泉病院で働いていた頃、私の人生を変える大きな出来事が起こる。

ある日、担当していた患者さんから、私が既婚なのか独身なのか聞かれた。独身だと答えると、友人を紹介するから会ってみないかと言うのだ。

私には断る理由はなかった。

数日後、病院の近くの喫茶店で三人で会うことになった。

それが寺岡公男で、職業はトラック運転手。年齢は私と同じ昭和一六年生まれで、寺岡は八月生まれ、私が一〇月生まれだから、二カ月だけ上だった。那智勝浦町の色川地区という、車で一時間弱ほど山を登ったあたりに住んでいた。


初めて会った時はとにかく生真面目というか、あまり面白い人ではなくて、しかもハンサムというわけでもないし、正直、話していても楽しくなかった（笑）。

それでも話の流れで、次回、二人で会う約束を交わした。

その当日、私が仕事を終わって病院を出ると、寺岡は途中で待っていた。

近くのお好み焼き屋さんに入って食事を始めると、寺岡がおもむろに口を開いた。

「わし、結婚したいんや」

私は意味がよく分からず、他人事《ひとごと》のように「したら～」と適当に答えた。

すると、それを怪訝に思った寺岡は意外なことを口にした。

「あんたとやで」

「え！　ちょっと何言ってるの？」

私は結婚相手がまさか自分だとは思わず、寺岡に問いただした。

出会ってまだ二回目、しかも、二人きりで会うのは初めてなのにいきなりプロポーズされるとは思ってもいなかった。私はびっくりして、頭が真っ白になった。

そして、誰にも言いたくない事情もあった。

ようやく気持ちが落ち着くと、「ちょっと考えさせて欲しい」と答えを保留した。


その日、寺岡と別れて家に帰ると、私はさっそくすま子姉に相談した。

姉にしても、初デートでのプロポーズには驚いたようだったが、こう答えた。

「真面目で達者な人ならええんちゃう」

真面目で健康な人が結婚相手に求める理想像とするなら、確かに寺岡は申し分ない結婚相手に思えた。まだ、たった二回しか会っておらず、それこそ、真面目で健康なだけの人なのかもしれないが……。

結局、私は結婚の申し出を受け入れ、寺岡の実家に挨拶に行くことになった。

何より驚いたのが、行けども行けども山と田んぼばかりということだった。色川地区には山と田んぼ以外、本当に何もなかった（笑）。

〝この辺で暮らす人は何が楽しくて生きてるのかな～〟

ふと、そんな風に思ったものだった。

そうして、年が明けた昭和四五年一月に結婚式を挙げることが決まった。初めて会ってから一年も経たないうちに結婚することになったのだ。

まさに驚天動地の展開だった。

■新婚早々、夫は勤め先が倒産して無職になってしまう

結婚式は新宮市にあった美香会館で親族一同を招いて行った。

そして、新婚旅行は四国と決まり、その時の顛末は冒頭に書いた通りだ。

新婚旅行の間は本当に気が重かったし、すごく憂鬱だった。

四国の高松に着いて、そこからバスで屋島に行って、写真を撮ったり、名物を食べたりした。その後は栗林《りつりん》公園を回って高松で一泊して翌日は足を延ばし、こんぴらさん（金刀比羅宮）に参拝したりして一泊して帰った。

寺岡公男との結婚式。新宮市の美香会館にて。

道中は〝帰ったらどうしよう？〟と、お金の算段で頭がいっぱいだった。

楽しかった思い出もあまりなくて、新婚旅行なのにずっと暗い顔をしていたものだ。

マイナスからの出発と私は思うようにしたが、普通だったら一から出発だ。結納金を花嫁自身が払うなんて、どう考えてもおかしい。

さらに悲劇はそれだけで終わらなかったのだ。冒頭に書いたように、翌々月の三月に、夫の勤め先の親方が夜逃げをした。

結局、結婚の翌月に二月分の給料一回をもらっただけで、夫は無収入に陥ったのだ。

こんな悲惨な新婚生活など聞いたことがない。私の人生にはずっと貧乏がついて回るのかと、思い切り暗くなったりもした。

〝これは本当にえらいことになった！〟

私の給料があったからいいようなものの、心の底からそう思った。

初めてもらったネックレスの代金も自分で払った……いや、もらったというより自分で買ったようなものだ（笑）。


〝これまた、とんだ貧乏神と結婚したものだ〟

確かに、第一印象で真面目な人とは思ったけれど、まさか、こんな大どんでん返しが待ち受けているとは夢にも思わなかった。

もし私が苦労知らずで育ったお嬢様だったら、すぐにでも〝離婚する！〟となったかもしれない。それだけのことがあってもこの人とやっていこうと思ったのは、ちょっとやそっとの貧乏では負けないという昔の体験からくる自負があったからだ。

■新婚生活もマイナスからのスタートだった

そんな風に、全然おめでたい感じがしないどころか、悲壮感すら漂うほどの新婚生活のスタートだった。

新居は勝浦にあるアパートで、風呂はなく、近くの銭湯を利用していた。当時は風呂なしのアパートも普通だったから、その辺はごく普通の新婚生活だった。

温泉病院で働き始めた時の給料は二万四三〇〇円で、和歌山医大病院の最後の頃より少しダウンしていた。それでも、かつての橋本家の貧乏生活のように、野菜は近所のお宅や同僚にもらったり、交換したり……みたいな物々交換で日々をしのいでいた。

それから数か月は節約、節約で、蓄えはほとんどできなかった。

まるで、大きな穴の中にはまった感じで、地上に這い上がるのにかなりの苦労をした。

〝プレゼントのネックレスのお金も払わないかん〟

〝そんなん、プレゼントとは違うやん！〟

頭の中をいろんな思いがよぎったが、まあ、夫にしても、親方が夜逃げするとは思ってもいないから、自分で払おうと思っていたのは確かだろう。

とにかく借りた物は返さないと仕方ないし、いつまでも引っ張るわけにもいかんと思って、貯金と六月の私のボーナスで義弟に一〇万円を返済した。

義弟には、「いっぺんに返さんでもいいぞ」と言われたけれど、私の性格として後に残しておくのが嫌だったので、まとめて返すことにした。


それでも、夫に関して好意的に考えれば、ギャンブルで借金を作ったとか、酒でトラブルを起こしたとか、世間によくある話ではなかったことだけが救いだった。これで夫がギャンブル漬けだったり、酒に溺れたり、女遊びをしたりだったら、今の私はいないだろう。

夫は本当に真面目で、道楽には興味がなかったからやっていけたのは間違いない。

長い目で見れば、すま子姉も言っていたように、〝ど〟が付くほど真面目で健康というのは正しい選択肢だったのかもしれない。

マイナスから始まったけれど、やがてプラスマイナスゼロになって、それから少しずつプラスになっていった――。

■ちゃぶ台がひっくり返ったたった一度の大げんか

とにかく夫はクソ真面目な人だったけれど、人柄だけはすごく良かった。

ただ、普段は本当に口数の少ない人で、物静かというと聞こえはいいけれど、偏屈というか、気持ち、本心を人に伝えるのがとにかく下手だった。

私の友達が家に遊びに来ると、不愛想な夫の姿を見て誰もが聞いてくる。

「寺岡さん、お父さん、何怒ってはるん?」

「いや、怒ってないよ。いつものことやで（笑）」

よくそう受け流したものだ。

私は長年連れ添っているから、〝お父さん、今、こんなこと思ってるんやな〟と分かったけれど、他人にはとうてい無理だろう。

五〇年一緒に暮らしたけれど、勝浦のアパートで生活していた時に一度だけ、ちゃぶ台がひっくり返った大げんかをしたことがある。

逆に言えば、夫がすごい剣幕で怒ったのは、後にも先にもその一回だけだ。揉めた原因は、確か、子供の塾の費用に関してだったと記憶している。

私はもともとおしゃべりだから、艦砲射撃のように一気にワーッとしゃべる。夫は何度も言うように口下手だから、私が一方的にまくしたてるのが気に入らない。怒りが沸点に達した夫は、ついにちゃぶ台をひっくり返した。

それを見て呆れた私は、夫にこう言った。

「自分でひっくり返したんやから、自分で掃除し！」

私は頑として後片付けを手伝わなかった。

それが火に油を注いだのだろう。その後、台所で洗い物をしていると、夫がそばにやって来て、ぶつぶつうるさいことを言い始めた。私は腹が立って、台所用洗剤を手に取り、シャーっと夫の顔にかけた。

夫は慌てて目を閉じ、苦痛に顔をゆがめた。

その直後、今度は夫が流しの横においてあった掃除用の磨き粉の容器を手に取って、私の頭の上から磨き粉をかけたのだ。あたり一面に白い粉が舞った。

子供の頃に学校でノミやシラミ除けの殺虫剤ＤＤＴをかけられたことがあるが、それと同じで私の頭と上半身が真っ白になった。

こうなったらもう泥仕合である。

そばにはいられないし、体を洗おうにもアパートに風呂はないということで、私は怒って家を出て、近所の友達の家を訪ねて風呂に入れてもらった。

——そんな大げんかも今となっては懐かしく思い出される。


さて、新婚早々、借金生活だったから、とにかく無駄なものは買わないというのが決まりのようなものだった。外食だって一切しない、しないというか、する理由がない。

こんな貧乏を将来、子供たちにさせたくないという意識で二人して頑張った。

それでもお金が足りなくなる時があり、そんな時は実家のすま子姉に助けてもらった。

「姉ちゃん、またちょっとお金貸して？」

申し訳ないけれどそんな風に多少のお金を借りて、しばらくすると返した。

■貧乏の反動か、娘たちには何でも買い与えてしまう

長女が生まれたのは結婚から一年半ほど経った頃、その数年後に次女が生まれる。

勝浦のアパートには五、六年住んだ。その後、夫の新しい仕事も決まったことで将来の見通しがついたことから、紀伊勝浦の一駅隣りの紀伊天満《てんま》駅のあたりに共済で借金をして、新築の小さな風呂付きの家を建てた。

二十数坪のささやかなわが家だったが、これでようやく貧乏とさよならできた気がした。


さて、自分が子供時代に、いや、つい最近まで貧乏な生活を送っていると、子供ができてからは知らず知らずその反動が来てしまうようだ。

子育ては厳しくしていたつもりでも、ともすると甘やかしてしまう。自分の子供時代のようなつらい思いはさせたくないという気持ちが無意識に勝ってしまうのだ。

だから、子供が習いたいと言えば、あらゆる塾に行かせていた。

数学、英語、習字、算盤……ピアノを習いたいと言えばピアノ教室に通わせたし、ピアノが欲しいと言ったらピアノも買ってやった。

ただ、姉妹とはいえ、好き嫌いがあるようで、次女にも長女同様、ピアノを習わせたのだが、どうもピアノは好きじゃなかったようだ。ピアノに行くと嘘をついて、近所の公園のブランコで遊んでいることもあった。

嫌だったら続けることもないので、強制はしなかった。

やりたいと言ってきたらやらせてあげる――それが私のモットーだった。


次女は動物が大好きだったが、これはこれで困りものだった。

なぜなら、私は動物が大嫌いだったからだ（笑）。

小学生の頃に大きなシェパードに飛びつかれたのがトラウマになっていて、その恐ろしさが大人になっても忘れられない。子犬もだめだし、猫も毛が散るから嫌いだった。

それでも娘が飼いたいという動物は全部買ってあげた。これには親馬鹿と言われても仕方ないと思う。

「ちゃんと世話しないと捨てるで！」

そう断言していたので、次女はちゃんと世話をしていた。

ハムスター、金魚、グッピー、ウサギ、ニワトリ、猫、犬、ジュウシマツ……と、いろいろなペットをたくさん飼っていて、家の中と外が賑やか過ぎて大変だった。

それから数十年、次女は今も大型犬を飼っていて、盆と正月など、たまに帰って来る時もその犬を連れてくる。すると、車庫の中に犬用のサークルが置かれて、車の置き場所を犬にぶんどられてしまうのが私の悩みの種でもある（笑）。

■不慮の事故に遭遇して一週間、昏睡状態に陥った夫

真面目で健康なのが夫の特徴だったが、若い頃に入院したことがある。

再就職した夫は以前と変わらずトラック運転手をしていたが、ある時、対向車が急に反対車線に寄って来て、その車を避けようとしてハンドルを切り過ぎて石垣に激突してしまったのだ。

一週間ほど昏睡状態に陥り、意識が戻ってからも二カ月くらい入院した。それだけ聞くと相当重傷に思えるが、幸いなことに外傷は少なく、無事に動けるようになった。

ようやく目を覚ました夫に、私はこんな冗談を言ったものだ。

「なんや生きとるん？　生命保険一五〇〇万円儲け損なったわ！」

すると夫は目を丸くして、〝え！〟と驚いた顔をした（笑）。

それでも、夫が退院した時、こんな話をしたことがある。

「危ないからもう辞めたら?」

トラック運転手は体力がものを言う。年を取るに従って体力は落ち、注意力、持久力、判断力なども衰えていく。私は夫のことを心配して話し掛けたつもりだった。

「辞めたって、何して食っていくんや!」

そんな中、和歌山県の職員募集があり、夫は試験を受けて合格し、東牟婁にある県事務所で働き始めた。仕事は公用車の運転手で、新宮管内の土木課に行ったり、県事務所に行ったりするなど、職員を送迎する仕事をするようになった。

それから定年まで二〇年余り働いた。


その後も、結婚生活は穏やかに過ぎていった。

今の土地に家を建てたのは平成四年のことだった。昔の家には、それまで勝浦のアパートに住んでいた娘夫婦が住むことになった。

そんな長女は令和になった今、すぐ隣の家に住んでいる。次女は和歌山市内に住んで私と同じ看護師をしている。二人とも家庭を築いて暮らしており、孫も三人いる。

■落合選手、掛布選手ら名だたる野球選手も訪れた温泉病院

話は少し戻るが、私が働いていた頃の那智勝浦町立温泉病院はベッド数二〇〇床の総合病院だった。唯一の町立病院で、当時は看護師が八〇数人働いていた。

当時は整形外科に隣接して大きな温泉プールがあり、温泉の中で歩行練習を行っていた。要するに、リハビリ治療だった。

特筆すべきは、プロ野球のシーズンオフになると、リハビリとトレーニングを兼ねて滞在する選手が多かったことだ。

有名なところでは、阪神タイガースの掛布雅之選手や岡田彰布選手、真弓明信選手、ロッテオリオンズの落合博満選手、阪急ブレーブスの山田久志投手、足立光宏投手（すべて当時）と錚々たる一流選手が自主トレをしにやって来た。

みんな理学療法士のプログラムの下、温泉プールの中を歩いたり、外の庭でタイヤをロープで足に付けてトレーニングをしたりしていた。

中でも、落合選手は太地の岬の景色に魅せられて、別荘まで建ててしまった。正月には

家族でよく訪ねて来られて、その別荘は今、落合博満野球記念館になっている。

「〇〇選手のサインもろうてきてくれ！」

野球ファン、特に熱狂的な阪神タイガースファンだった夫からは、よくそんな風に言われていたものだ。

また、海と山に囲まれた周囲の風景がいいせいか、映画やドラマの撮影隊がロケにやって来ることもあった。

ドラマの「ザ・ガードマン」やテレビの時代劇などによく出ていた、俳優の藤巻潤さんがロケで訪れたこともある。

二枚目俳優だったので私たちは大喜びだったが、同僚はこう言って笑った。

「ここの病院にべっぴんのナースはおらんと思ったやろね」


温泉病院で働いていた頃、一つだけ怖かったことがある。

まだ年号が昭和だった三〇年以上前のことだが、二階に婦人科産科（現在はない）のベビー室があった。

ある日の午後、何とそこに〝ベビージャック〟が入ったのだ！

私は当時、一階の手術室勤務だったが、周囲が騒然とし始めたので、何事かと思い騒動の現場らしき婦人科産科がある二階に駆け上がった。

すると、ベビー室の中に見たこともない三〇代くらいの男が片手にステッキを持ち、もう一方の手に新生児を抱えて立てこもっていた。体格はそれほど大きくもなく普通だったけれど、目がキョロキョロ泳いでいて異様な感じがした。

周囲を見回すと病棟婦長が青ざめた顔で立っていた。既に警察は呼んでいたようで、近付いて興奮させないように遠くから見守っているしかなかった。

「それはあんたの子供じゃないよ、ベッドに戻しなさい！」

そんな風に叫ぶ者もいたが、犯人は赤ちゃんを抱えているだけで、お金も何も要求はしなかった。ただ、二階の窓から赤ちゃんを放り出さないかだけが心配だった。

そんな中、大きな動きがあった。事務職員の加藤君がいきなり犯人に飛び付いて犯人を押さえ込んだのだ。

そこにちょうどやって来た警察が助っ人に入り、犯人は現行犯逮捕された。

加藤君の勇気には驚いたが、彼の子供も生まれたばかりでベビー室で寝ていたから他人事ではなかったのだろう。みんなで加藤君を囲んで、「よくやったね！」「みんな無事で良かった」と、ホッと胸をなでおろした。

後で聞いたところによると、犯人は覚せい剤使用の疑いがあったようだった。

■患者さんのため、日々、研鑽に努めた看護師時代

そんな忘れられない事件もあったが、ふだんの温泉病院の仕事は楽しいことばかりだけでなく、もちろん、勉強になることも多かった。

和歌山医大病院の時は科目も看護師の数も多かったから自分の担当の仕事しかできなかったが、温泉病院では他の科に応援に行ったり、自由度も高かったりしたから仕事への意欲も高まった。

また、看護学生が実習に来ることもあり、質問されて答えに詰まると恥ずかしいから、常に勉強が欠かせなかった。

温泉病院には先輩に素晴らしい看護師がいらっしゃった。

大正生まれの前野さんという方で、私が温泉病院で働き始めた当時、五〇代の後半だっ

たと思う。戦時中は赤十字の仕事で、太平洋の赤道に近いトラック島まで従軍看護婦として行ってきたという過酷な経験もお持ちだった。

とても立派な方なのに、私には独身なのが不思議だった。

ある時、一緒に夜勤をしていて何気なく前野さんに聞いたことがある。

「前野さん、なんで結婚せえへんかったん？」

すると、悲しい言葉が返ってきて、私はぶしつけな質問を後悔した。

「いや、しようと思った人がいたけど、戦死したんや」

他人の見本になるような立派な人は、やはりつらい思いをしているのだと思った。

前野さんはとにかく患者さんに優しい方で、どんなに忙しい時でも、たとえ背中から声を掛けられても、ちゃんと振り返って患者さんの目を見て話す人だった。

看護師の意識の在り方として、日々、仕事をしていく上で〝ああ、こうでなければいかんな〟と思うようになっていった。

私の理想の看護師と言えるような方だった。

そんな前野さんを見習って、私も看護師として日々、研鑽に努めた。

表彰状
寺岡朝子様
あなたは長年にわたり看護
業務に専念され会員として
和歌山県看護協会の発展
向上に寄与されました
ここに記念品を添えて感謝の
意を表します
平成十一年六月五日
社団法人 和歌山県看護協会
会長 上田久子

那智勝浦町立温泉病院時代、がん告知に関する意識調査で表彰される。

ある時、和歌山県の看護協会から表彰されたことがある。

看護研究の研究発表をした際に表彰されたのだが、私たち以外はお歴々の方ばかりで恐縮したものだ。

研究テーマは「癌告知に関する意識調査」というものだった。

内容はと言うと、同僚たちと三人で外科外来の初診者を対象に、がんの告知に関して、自分ががんになった時に告知して欲しいか、家族ががんになった時に伝えるか……などの項目が書かれた調査票を渡して答えてもらい、その結果をまとめたものだった。

とても嬉しい経験で、その時の表彰状は今も大事に額に入れて飾ってある。

このように看護の仕事以外にも研究に励み、常に問題意識を持って働いた。

もちろん、看護師としての日々の心掛けも大事で、患者さんに信頼されないといけない。

〝あの看護師には何言ってもあかんわ〟

絶対に患者さんからそう思われないようにしないといけない。

一番だめなのが、患者さんに何か聞かれた時に「はい、はい、分かりました」と返事して、そのまま放っておくようなケースだ。

何か聞かれたら、必ず返事をしないといけないし、自分で分からなかったらドクターに聞いて、しっかり答えてあげる。それは前野さんから教わったことでもある。

「○○先生に聞いたら、×××××だって言ってたわ」

患者さんの質問には必ず返事をしなさいと、後輩の看護師にも厳しく言っていた。

患者さんは不安を抱えて病院にやって来るわけで、病院に来たら、医師か看護師にしか悩みを訴えることができない。だから、それに対してきちんと対応しないといけない。

患者さんは、お金を払って診てもらっているのだから。

「どうですか？」

「お変わりないですか？」

病室を回る時だって、そう優しく聞けば、患者さんも話しやすくなる。

反対に、先ほど話したように、背中で物を言うのは絶対にいけない。

病室に入りもせず、ドアのところから「お変わりないですか〜」と適当に言って、何か声を掛けられたら、「うーん、それ分からへんわ！」といい加減な態度が一番いけない。

「お金なしで患者さんに提供できるサービスはスマイルやで」

私はいつも、そんな風に言って笑っていたものだ。

■温泉病院の退職記念に親族一同二二人で北海道へ

こうして、ようやく貧乏とは縁を切った、ごく普通の日々が続いた。

仕事以外の趣味と言えば、私には大した趣味はないが、それでも旅行をするのは大好きだ。これもまた、貧乏で満足に旅行に行けなかった時代の反動かもしれない。

夫とは熱海、金沢、天橋立、沖縄など二人でよく旅行に行った。もちろん、旅行の時も目的地は私の言いなりだった。

「〇〇〇に行きたい！」

友人たちと出掛けた九州旅行にて、熊本の阿蘇山で夫と記念写真。

「そうか」

たいていそんな感じで行先が決まった（笑）。

また、職場の友達に旅行を計画するのが好きな人がいて、九州、北海道、沖縄……と、年に一回、ゴールデンウイークには家族ぐるみで旅行をした。たいてい二泊三日の行程で名所旧跡や絶景など見て回り、その土地、その土地の美味しい物をたくさん食べた。

いつもは数人だが、最高二〇人くらいのメンバーになったこともあり、そんな時はマイクロバスを借りた。もちろん、運転手は夫だった（笑）。

温泉病院は還暦で定年退職まで勤め上げ

たが、退職を迎えた翌年のゴールデンウイークには、私たち姉妹とその夫、子供、孫まで総勢二二人を引き連れて北海道旅行に出掛けた。

やはり現地でマイクロバスを借りて、三泊四日のグルメ旅行をしてきた。ゴールデンウイークだから旅費も高かったけれど、全部、私が払った。自分の娘二人と娘の婿、そして、孫三人にはそれ相応の小遣いをあげた。

かなりの金額にはなったが、還暦を迎えて、今度こそ本当に〝貧乏よ、さようなら〟という感じだった。

いろいろな物を食べたが、一番記憶に残っているのは札幌の大通公園で食べたアイスクリームかもしれない。私がアイスクリームを買おうと店の前に立ったら、芳子姉がとんでもないことを言い出した。

「あんたらみんな、おばちゃんの後に続いてアイスクリーム買っといで！　おばちゃん、お金出してくれるで！」

びっくりして後ろを見たら、一族のみんなが並んで大行列になっていた（笑）。

それ以前、すま子姉が定年退職した時は沖縄に連れて行ってくれた。

国民休暇村南紀勝浦での私たち夫婦の還暦祝いの宴。義弟とその孫から花束をもらう。

姉妹夫婦とその家族八人だけだったけれど、私の北海道旅行はそのお返しみたいな感じだった。そもそも私は旅行好きなものだから、今も旅行に行きたくてたまらないけれど、新型コロナウイルスのせいで足止めをくらっているのが残念だ。

そして、私たち夫婦が一緒に還暦を迎えた時は国民休暇村南紀勝浦で祝ってもらった。

定年を迎えて以降は、畑仕事がメインになった。

夫が耕運機をかけて畝《うね》を作ってくれて、その周りの草を草刈り機で刈る。私は種を蒔いたり、苗を植えたりする仕事が担当だった。今は耕運機も全部一人でやらないといけないから大変だが、別に仕事ではないし、できる

芳子姉（手前右）の友人夫婦とその娘たちを招いて、わが家でバーベキューを楽しむ。

ことだけやればいいから気は楽だ。

まさに晴耕雨読で、雨の日は家事をしたり、本を読んだり、夫なんか無趣味だからテレビばかり見ていた。野球の放送があるときは何を言っても振り向きもしない。あとは大相撲だ。

他に、毎朝、天気が良ければ友人たちとウォーキングを一時間半くらいしている。

この年になると早く歩けないからゆっくりだけれど、穏やかな海を見ながらのウォーキングはもう一八年くらい続いている。

それでも、あちこちガタがきていて、一番健康なのは口だけだ。これはもう何歳になっても衰えない。きっと無駄口が叩けなくなる時は脳梗塞かなんかで倒れた時だろう（笑）。

表彰状
技術吏員 寺岡公男 殿
あなたはよく職務に精励せられ
責任感旺盛にして率先
その職責を果し職員として
優秀であります よって
これを表彰します
平成四年十二月二十八日
東牟婁県事務所長 栗本貞信

東牟婁県事務所で運転手をしていた夫が、成績優秀で表彰された際の表彰状。

■五〇年以上連れ添った夫との別れの日が来る

夫は県事務所で働くようになってからは、主に所長の専属ドライバーをしていた。

職場には他にも運転手がいるが、彼らはみな終業時刻が来ると早く帰りたがるのに対して、夫はそんなこともない。現地では仕事の手伝いもするので好かれていたようだ。

〝寺岡さんにしてくれ〟と指名されることもあったという。

定年は六〇歳だが、現業職は二年余計に働けたので、六二歳まで働いた。

そんな風に元気に仕事をしていた夫が、私の古巣である和歌山医大病院ですい臓がんの手術をしたのは平成二五年のことだった。

手術は無事に終わり、その後は転移もなく普通の生活を送っていたのが、三年くらい前に違う病気になってしまった。

それが「進行性核上性麻痺」という約一〇万人に一人という原因不明の難病で、医師にも「治癒は見込めない」と言われてしまった。

視力が急に落ちて不自由になり、姿勢が不安定になって注意力も散漫になり、よく転ぶようになった。家でトイレに行くのにも私が手を引いていたものだ。

終《しま》いには歩行困難になって車いす生活を余儀なくされてしまい、この家は階段が多いので生活するのが難しいということで、仕方なく施設に預かってもらうことにした。

そして、令和二年九月二七日、私がかつて働いていた町立温泉病院で夫は帰らぬ人となった。コロナ禍で面会もままならない状態でのことだった。

その数日前から意識がない状態が続いていて、何を言っても全然反応はなかった。

「お父さん!」「お父さん!」と体を揺すっても、目も開けなかった。

それでも、最期は穏やかな顔をして眠っていた。

普通、パートナーが亡くなったら、「私もはよ迎えに来てよ」と言うらしい。

でも、私は違った。

「お父さん、まだ迎えに来んといてや！」

「まだ私、したいことあるんや！」

「孫娘が結婚するまでは死ねないで」

私は静かに眠る夫に、そう語り掛けた（笑）。

孫の中で女の子は一人なので、彼女が結婚式を挙げるまで元気でいるのが今の目標だ。

まだまだ八〇歳、最近は九〇歳も通過点で、元気で生きる人も大勢いる時代だから頑張らないといけない。

ただし、健康寿命が長く続いて、身の回りのことが何でもできれば何歳まで生きても結構な話だけれど、認知症になってボケが来て、誰かに頼ったり、世話になったりしないといけないようなら生きていたくはないというのも正直なところだ。

その点で、最近ではボケ防止のために夜寝る前にやっていることがある。

まずは、北海道から沖縄まで四七都道府県の名前を全部、漢字で書くのだ。

間違わずに書けたら、今度は〝海に面していない県八つ〟を書いて、次は〝川が付く県三つ〟、続いて〝島が付く県五つ〟〝山が付く県六つ〟と書いていく。

こんなことも頭のトレーニングになるかと思って続けている。

他にも『脳トレ計算ドリル』を買って来て、毎日二ページずつ続けている。


これまで貧乏と二人三脚だったけれど、この年になって思うのは、貧乏だけど逞しく生きてきたということだ。だからこその、ど根性貧乏なのだ。

〝貧乏なんかに負けてられるか！〟

「貧乏人も金持ちも同じように年を取るやろ、貧乏人だけ年を重ねていくなら腹立ってしゃあないで！」

私はよくこんなことを言うが、お金持ちも貧乏人も死んだら同じで、あの世にお金を持っていけるわけじゃない。

最近は和歌山というと田辺の〝紀州のドンファン〟が有名だが、どんなにお金を持っていても、ドンファンみたいに殺されてしまったら元も子もない。

逆に言えば、貧乏を経験したからこそ、お金の本当の価値、大切さが分かるのかもしれない。お金がなければ何もできないことは事実だけれど、お金があっても死んでしまったら使い道はないのだから。

最後の最後に何度でも言うが、貧乏でも明るく楽しく逞しく生きてきた。

「金は天下の回りものって言うやん、いつか回ってくるで！」

よく子供らにこう言う。すると、娘も負けてはいない。

「そんなにお母さん言うから、ずっと順番待ってるけど、まだ回ってこんで！」

この母にして、この娘あり……である。

この年まで本当に口ばかり達者で楽天家で、言うならば、フーテンの寅さんの女バージョンみたいやね（笑）。

今、そんな風に娘たちと笑い合えるのも、貧乏から逃げることなく、正々堂々と立ち向かってきたからだ。

あの頃の貧乏に感謝！

おわりに

私のど根性貧乏人生はいかがだっただろうか？

私ももうすぐ傘寿を迎え、一番上のすま子姉は今年一七回忌をして、次女の芳子姉は令和元年に逝った。今は私と妹の定子だけだが、妹は残念なことに認知症気味である。姉妹みんなの分まで私は元気で、特に〝口〟は衰えない。


頑張り屋だったすま子姉は、父の葬式の際に地元の臨済宗の住職さんを四人も呼んで、豪勢な葬式を出した。

「あんな立派な葬式、森浦で初めてやのう」

列席者は口々にそう言っていた。

それもやはり貧乏でつらい思いをして、世間から蔑《さげす》まれた家庭で育った姉の意地だったと思う。

〝あんなに貧乏だったけど、親の葬式にこれくらい出せるんや！〟

そう胸を張りたかったんだと思う。姉は負けず嫌いな人だったから余計にそう思う。

私は私で〝葬式を立派にしても仕方ないやん〟と思ったものだが……（笑）。

父はよく言っていた。

「貧乏したら親戚も減っていくぞ。金持ちでいい生活をしたら、他人でも親戚みたいな顔をして寄ってくるぞ」

幼な心に、〝ああ、そうやな〟と思ったのを覚えている。


私自身は、どんな困難があっても全く苦にならない性格だ。

〝それはそれで仕方ないやん！　また頑張ろう！〟――そう思うタイプだ。

ある時、孫が運動会の徒競走でビリになり、暗い顔でしょげこんでいた。

「何やそれくらい！　ビリがおるから一等もおるんやろ！」

そう言ってやったように、根っからの楽天家で何が起きてもあまり苦にしない。

でも、それは子供の時にものすごくつらい思いをたくさんして育ってきたから、自然とそんな考えが培《つちか》われてきたのだろう。世の中、なるようにしかならない。そして、頑張ればたいていのことは何とかなる。

逆に「つらい！」「つらい！」と言い続けても、底辺を這い回っている感じしかしない。

「今がどん底やったら、這い上がるしかないやろ！　それより下には落ちへんのやから」

子供たちにもそう言ってきた。這い上がる時期やタイミングはみんなそれぞれ違うのだから、何があってもそんなに凹むことはない。


いつの時代も人生、予期せぬことが起こるものだ。

長い人生、必ずしも順風満帆に進むとは限らない。七転び八起きの精神で、逆境に耐え忍ぶ力を蓄えることが大切だ。

結婚して二人の娘を育ててきたが、その間もいろいろな苦労が横たわっていたり、覆い被さってきたり、さすがにここでは書けないつらいこともあった。

ある時、長女が大きな声でこう言った。

「お母さん、貧乏というのは伝染病ではないけれど、どうも遺伝すると思うよ！」

すると、私はこう答えて大笑いする。

「そうやね。こうなったら仕方ないから、先祖の墓石でも蹴ったかしに行くか！」

釣られて娘たちも大笑いだ。

まあ、娘は貧乏が遺伝していると思っているようだが、それはちょっと違う。だって、お母ちゃんがしてきた貧乏は、あんたたちの貧乏とはレベルが違うんだから（笑）。

どんなに倒れても、何度転がっても起き上がる力が湧いてきたのは、子供時代に体験した〝どん底貧乏〟のお陰だと思っている。

本当にそれだけは胸を張って大きな声で言える。

だからこそ、貧乏という試練を与えてくれた両親には心から感謝したい。

著者プロフィール

寺岡 朝子（てらおか あさこ）

昭和16（1941）年10月13日和歌山県太地町に、橋本直次郎・静子の三女として生まれる。太地町立小学校、太地町立中学校を卒業後、和歌山市の准看護師養成所に入学し、准看護師の資格を得る。その傍ら、和歌山県立青陵高等学校定時制課程に通い始め、無事に卒業する。開業医の元で研鑽を積んだ後、和歌山県立医科大学附属病院を経て、那智勝浦町立温泉病院で定年まで勤める。昭和45（1970）年寺岡公男と結婚し、2人の娘を育て上げる。

ど根性貧乏！ “紀南のはっさい”の破天荒な80年

2021年12月15日　初版第1刷発行

著　者　寺岡 朝子
発行者　瓜谷 綱延
発行所　株式会社文芸社
〒160-0022　東京都新宿区新宿1－10－1
電話　03-5369-3060（代表）
03-5369-2299（販売）

印刷所　株式会社エーヴィスシステムズ

ISBN978-4-286-22975-1